万水 CAE 技术丛书

Simufact 在材料成型与控制工程中的应用

主　编　刘劲松　肖　寒　段小亮

副主编　张伟红　岳峰丽　Hendrik Schafstall

中国水利水电出版社
www.waterpub.com.cn

内 容 提 要

本书主要介绍 Simufact 在材料成型与控制工程中的典型应用及其相关的技术问题，特别是对应用有限元法与有限体积法解决材料加工过程中的具体操作过程作了重点讲解。全书以应用为主，理论为辅，既注重 Simufact 的基本原理与使用方法，又强调提高实际工程应用分析能力。

全书共分 13 章，第 1 章介绍有限元技术在材料成型与控制工程中的应用状况，第 2、3 章介绍 Simufact 在材料成型与控制工程中的一些常用技术与基本操作界面，第 4～13 章分别从开式模锻、闭式模锻、开坯锻、挤压、轧管、旋压、环轧、轧制、钣金热冲压、热处理等方面介绍 Simufact 在材料成型与控制工程中的典型应用案例，并给出了全部操作流程。读者通过本书的学习，可以掌握有限元法与有限体积法解决实际工程问题的关键技术，学会应用本专业知识分析问题、解决问题，将理论分析与工程实践紧密衔接在一起。

本书既适合作为材料成型与控制工程专业本科生与研究生的教材，也可作为相关企事业工程技术人员的应用参考书，还可作为 Simufact 数值模拟分析软件的培训教材。

本书所有案例的模型文件可以从中国水利水电出版社网站和万水书苑免费下载，网址为：http://www.waterpub.com.cn/softdown/和 http://www.wsbookshow.com。

图书在版编目（C I P）数据

SIMUFACT在材料成型与控制工程中的应用 / 刘劲松，肖寒，段小亮主编. -- 北京 ：中国水利水电出版社，2012.4
（万水CAE技术丛书）
ISBN 978-7-5084-9576-7

Ⅰ. ①S… Ⅱ. ①刘… ②肖… ③段… Ⅲ. ①工程材料－成型－应用软件，Simufact Ⅳ. ①TB3-39

中国版本图书馆CIP数据核字(2012)第049187号

策划编辑：杨元泓　　责任编辑：张玉玲　　封面设计：李　佳

书　　名	万水 CAE 技术丛书 Simufact 在材料成型与控制工程中的应用
作　　者	主　编　刘劲松　肖　寒　段小亮 副主编　张伟红　岳峰丽　Hendrik Schafstall
出版发行	中国水利水电出版社 （北京市海淀区玉渊潭南路 1 号 D 座　100038） 网址：www.waterpub.com.cn E-mail：mchannel@263.net（万水） 　　　　sales@waterpub.com.cn 电话：（010）68367658（发行部）、82562819（万水）
经　　售	北京科水图书销售中心（零售） 电话：（010）88383994、63202643、68545874 全国各地新华书店和相关出版物销售网点
排　　版	北京万水电子信息有限公司
印　　刷	北京蓝空印刷厂
规　　格	184mm×260mm　16 开本　12.25 印张　302 千字
版　　次	2012 年 4 月第 1 版　2012 年 4 月第 1 次印刷
印　　数	0001—3000 册
定　　价	30.00 元

前　　言

　　数值模拟对于塑性加工成形工艺是强有力的设计、分析和优化的工具，可以预测成形期间零件形状的变化、最终应变分布、缺陷形成区域等，并可在零件生产前最大限度地优化工艺参数，所有这些对于成功地成形复杂形状的零件并减少成形时间是至关重要的。数值模拟能够处理各种复杂的工程问题，同时它也是进行科学研究的重要工具。数值模拟分析已成为替代大量实物试验的数值化"虚拟试验"，基于该方法的大量计算分析与典型的验证性试验相结合可以做到高效率和低成本。

　　塑性加工成形模拟技术经历了几十年的发展，国际上已经出现了一批塑性成形模拟软件。其中，大型数值模拟分析软件 Simufact 是可以快速模拟各种冷热成形、挤压、轧制等塑性成形过程的工艺成形专用软件，它可以实现对具有高度组合的非线性体成形过程的全自动数值模拟。Simufact 是基于原 Superform 和 Superforge 开发出来的先进的材料加工及热处理工艺仿真优化平台，包括辊锻、楔横轧、孔型斜轧、环件轧制、摆碾、径向锻造、开坯锻、剪切/强力旋压、挤压、镦锻、自由锻、温锻、锤锻、多向模锻、板管的液压胀形等材料加工工艺均可用 Simufact 进行仿真。Simufact 采用的求解器包括 MARC（有限元法 FEM）和 DYTRAN（有限体积法 FVM）两种。Simufact 采用 Windows 和 MSC.mentat 两套操作界面，一般工程中使用通常采用 Windows 操作界面，简单易行。

　　全书以应用为主，理论为辅，通过各种典型材料加工案例详细介绍 Simufact 在材料加工工程中的应用及其相关的技术问题。全书共分 13 章，第 1 章介绍有限元技术在材料成型与控制工程中的应用状况，第 2、3 章介绍 Simufact 在材料成型与控制工程中的一些常用技术与基本操作界面，第 4~13 章分别从开式模锻、闭式模锻、开坯锻、挤压、轧管、旋压、环轧、轧制、钣金热冲压、热处理等方面介绍 Simufact 在材料成型与控制工程中的典型应用案例，并给出了全部操作流程。读者通过本书的学习，可以掌握有限元法与有限体积法解决实际工程问题的关键技术，学会应用本专业知识分析问题、解决问题，将理论分析与工程实践紧密衔接在一起。

　　本书既适合作为材料加工工程专业本科生与研究生的教材，也可作为相关企事业工程技术人员的应用参考书，还可作为 Simufact 数值模拟分析软件的培训教材。

　　本书的编写得到了德国 Simufact 工程公司与中仿新联（北京）科技有限公司的支持与鼓励，特别是中仿新联（北京）科技有限公司的 Jason Li 先生对本书的编写与出版给予了大力帮助，在此致以由衷的感谢！同时，中国科学院金属研究所张士宏研究员带领下的塑性加工先进技术研究组对本书也提出了很多宝贵建议，最后感谢在本书编写过程中给予作者支持与关心的老师和同事们！

　　由于编者水平有限，书中缺点、错误在所难免，敬请广大读者批评指正。

刘劲松

2012 年 3 月于沈阳

目　　录

1

绪论

1.1 有限元法的发展历程

有限元方法（FEM，Finite Element Method，也叫"有限单元法"或"有限元素法"）是计算机问世以后迅速发展起来的一种数学分析方法。众所周知，每一种自然现象的背后都有相应的物理规律，对物理规律的描述可以借助相关的定理或定律表现为各种形式的方程（代数、微分、积分），这些方程通常称为控制方程（Governing Equation）。针对实际的工程问题推导这些方程并不十分困难，然而要获得问题的解析的数学解却很困难。人们多采用数值方法给出近似的满足工程精度要求的解答。有限元方法就是一种应用十分广泛的数值分析方法。

有限元方法的基础是变分原理和加权余量法，其基本求解思想是把计算域划分为有限个互不重叠的单元，在每个单元内选择一些合适的节点作为求解函数的插值点，将微分方程中的变量改写成由各变量或其导数的节点值与所选用的插值函数组成的线性表达式，借助于变分原理或加权余量法将微分方程离散求解。采用不同的权函数和插值函数形式，便构成不同的有限元方法。在有限元方法中，把计算域离散剖分为有限个互不重叠且相互连接的单元，在每个单元内选择基函数，用单元基函数的线性组合来逼近单元中的真解，整个计算域上总体的基函数可以看为由每个单元基函数组成的，则整个计算域内的解可以看作是由所有单元上的近似解构成。

有限元法这个名词是 1960 年 R. W. Clough 教授首先提出的，他在美国土木工程学会（ASCE）的计算机会议上发表了 *The Finite Element in Plane Stress Analysis* 的论文，文中第一次提出了有限元法（Finite Element Method）的名词。有限元法的发展经历了孕育及诞生期、蓬勃发展期、成熟壮大期。

1.1.1 有限元法的孕育及诞生期

在 300 多年前，牛顿和莱布尼茨发明了积分法，证明了该运算具有整体对局部的可加性。虽然，积分运算与有限元技术对定义域的划分是不同的，前者进行无限划分而后者进行有限划分，但积分运算为实现有限元技术提供了一个理论基础。

在牛顿之后约 100 年,著名数学家高斯提出了加权余值法及线性代数方程组的解法。其中,加权余值法被用来将微分方程改写为积分表达式,线性代数方程组被用来求解有限元法所得出的代数方程组。在 18 世纪,数学家拉格朗日提出了泛函分析,它是将偏微分方程改写为积分表达式的另一途径。

在 19 世纪末及 20 世纪初,数学家瑞雷和里兹首先提出可对全定义域运用展开函数来表达其上的未知函数。1915 年,数学家伽辽金提出了选择展开函数中形函数的伽辽金法,该方法被广泛地用于有限元。1943 年,数学家库朗德第一次提出了可在定义域内分片地使用展开函数来表达其上的未知函数,这实际上就是有限元的做法。

20 世纪 50 年代,飞机设计师们发现无法用传统的力学方法分析飞机的应力、应变等问题。波音公司的一个技术小组,首先将连续体的机翼离散为三角形板块的集合来进行应力分析,经过一番波折后获得前述的两个离散的成功。20 世纪 50 年代,大型电子计算机投入了求解大型代数方程组的工作,这为实现有限元技术提供了物质条件。1960 年前后,美国的 R.W.Clough 教授与我国的冯康教授分别独立地在论文中提出了"有限单元"这样的名词。此后,这样的叫法被广泛接受,有限元技术从此正式诞生,并很快风靡世界。

1.1.2　有限元法的蓬勃发展期

1963 年加州大学 Berkeley 分校,E. L.Wilson 教授和 R. W. Clough 教授开发了结构静力与动力分析软件 SMIS(Symbolic Matrix Interpretive System)。1969 年,Wilson 教授在第一代程序的基础上开发了著名的线性有限元分析程序 SAP(Structural Analysis Program)和非线性程序 NONSAP。Wilson 教授的学生 Ashraf Habibullah 于 1978 年创建了 Computer and Structures Inc.(CSI),公司大部分技术人员是 Wilson 教授的学生,并且 Wilson 教授也是 CSI 的高级技术发展顾问。

同样是 1963 年,Richard MacNeal 博士和 Robert Schwendler 先生联手创办了 MSC 公司,并开发了第一个软件程序,名为 SADSAM(Structural Analysis by Digital Simulation of Analog Methods),即数字仿真模拟法结构分析。

美国国家太空总署(NASA)于 1966 年提出发展世界上第一套泛用型的有限元分析软件 NASTRAN(NASA STRuctural ANalysis Program)的计划,MSC.Software 参与了整个 NASTRAN 程序的开发过程。1969 年 NASA 推出了其第一个 NASTRAN 版本,称为 COSMIC Nastran。之后 MSC 公司继续改良 Nastran 程序并于 1971 年推出了 MSC.Nastran。

1967 年,SDRC 公司在 NASA 的支持下成立了,并于 1968 年发布了世界上第一个动力学测试及模态分析软件包,1971 年推出商业用有限元分析软件 Supertab。

1969 年,John Swanson 博士建立了自己的公司 Swanson Analysis Systems, Inc.(SASI),并于 1970 发布了商用软件 ANSYS。1994 年 Swanson Analysis Systems, Inc.被 TA Associates 并购,并宣布新的公司名称改为 ANSYS。

进入 70 年代后,随着有限元理论的趋于成熟,CAE 技术也逐渐进入了蓬勃发展的时期:一方面 MSC、ANSYS、SDRC 三大 CAE 公司先后组建,并且致力于大型商用 CAE 软件的研究与开发;另一方面,更多的新的 CAE 软件迅速出现,为 CAE 市场的繁荣注入了新鲜血液。

1969 年,当时任教于 Brown 大学的 Pedro Marcal 创建了 MARC 公司,并推出了第一个商业非线性有限元程序 MARC。

David Hibbitt 是 Pedro Marcal 在 Brown 的博士生，David Hibbitt 与 Pedro Marcal 合作到 1972 年，随后 Hibbitt、Bengt Karlsson 和 Paul Sorenson 于 1978 年共同建立 HKS 公司，推出了 Abaqus 软件。2002 年 HKS 公司改名为 ABAQUS，并于 2005 年被达索公司收购。

Klaus J. Bathe 60 年代末在 Berkeley 大学 Clough 和 Wilson 教授的指导下攻读博士学位，从事结构动力学求解算法和计算系统的研究。Bathe 博士毕业后被 MIT 聘请到机械与力学学院任教。1975 年在 MIT 任教的 Bathe 博士在 NONSAP 的基础上开发了著名的非线性求解器 ADINA（Automatic Dynamic Incremental Nonlinear Analysis）。而在 1986 年 ADINA R&D Inc. 成立以前，ADINA 软件的源代码是公开的，即著名的 ADINA81 版和 ADINA84 版的 FORTRAN 源程序，后期很多有限元软件都是根据这个源程序编写的。

1977 年 Mechanical Dynamics Inc.（MDI）公司成立，致力于发展机械系统仿真软件，其软件 ADAMS 应用于机械系统运动学、动力学仿真分析。后来被 MSC 公司收购，成为 MSC 分析体系中一个重要的组成部分。

1975 年，John Hallquist 在美国 Lawrence Livermore 国家实验室开始为核武器弹头设计开发分析工具，并于次年发布 DYNA 程序。1988 年，John Hallquist 创建了 LSTC（Livermore Software Technology Corporation）公司，发行和扩展了 DYNA 程序商业化版本 LS-DYNA。同年，MSC 在 DYNA3D 的框架下开发了 MSC.Dyna，并于 1990 年发布第一个版本，随后于 1993 年发布了著名的 MSC.Dytran。2003 年 MSC 与 LSTC 达成全面合作协议，将 LS-DYNA 最新版的程序完全集入 MSC.Dytran 中。MSC 在 1999 年收购 MARC 之后开始了将 Nastran、Marc、Dytran 完全融合的工作，并于 2006 年发布多物理场仿真平台 MD.Nastran。

另外，ANSYS 收购了 Century Dynamics 公司，把该公司以 DYNA 程序开发的高速瞬态动力分析软件 AUTODYNA 纳入到 ANSYS 的分析体系中，并且在 1996 年 ANSYS 与 LSTC 公司合作推出了 ANSYS/LS-DYNA。

1984 年，ALGOR 公司成立，总部位于宾州的匹兹堡，ALGOR 公司在购买 SAP5 源程序和 Vizicad 图像处理软件后，同年推出 ALGOR FEAS（Finite Element Analysis System）。

随着有限元技术的日趋成熟，市场上不断有新的公司成立并推出 CAE 软件，1983 年 AAC 公司成立，推出 COMET 程序，主要用于噪声及结构噪声优化分析等领域。随后 Computer Aided Design Software Inc.推出提供线性静态、动态及热分析的 PolyFEM 软件包。1988 年 Flomerics 公司成立，提供用于空气流及热传递的分析程序。同时期还有多家专业性软件公司投入了专业 CAE 程序的开发。由此，CAE 的分析已经逐渐扩展到了声学、热传导、流体等更多的领域。

在早期有限元技术刚刚提出时，其应用范围仅在航空航天领域，且研究的对象也只局限在线性问题与静力分析。而经过近十年的发展研究，有限元技术的应用范围已经囊括了力学、热、流体、电磁的自然界四大基本物理场，并且已经发展了多场耦合技术。

1.1.3　有限元法的成熟壮大期

MSC 公司作为最早成立的 CAE 公司，先后通过开发、并购，已经把数个 CAE 程序集成到其分析体系中。目前 MSC 公司旗下拥有十几个产品，如 Nastran、Patran、Marc、Adams、Dytran 和 Easy 5 等，覆盖了线性分析、非线性分析、显式非线性分析以及流体动力学问题和流场耦合问题。另外，MSC 公司还推出了多学科方案（MD）来把以上的诸多产品集成为一个单一的框架来解决多学科仿真问题。

ANSYS 公司通过一连串的并购与自身壮大后，把其产品扩展为 ANSYS Mechanical 系列、ANSYS CFD（FLUENT/CFX）系列、ANSYS ANSOFT 系列以及 ANSYS Workbench 和 EKM 等。由此 ANSYS 塑造了一个体系规模庞大、产品线极为丰富的仿真平台，在结构分析、电磁场分析、流体动力学分析、多物理场、协同技术等方面都提供完善的解决方案。

SDRC 把其有限元程序 Supertab 并入到 I-DEAS 中，并加入耐用性、NVH、优化与灵敏度、电子系统冷却、热分析等技术，且将有限元技术与实验技术有机地结合起来，开发了实验信号处理、实验与分析相关等分析能力。而在 2001 年 SDRC 公司被 EDS 所收购，并将其与 UGS 合并重组，SDRC 的有限元分析程序也演变成了 NX 中的 I-deas NX Simulation，与 NX Nastran 一起成为了 NX 产品生命周期中仿真分析中的重要组成部分。

进入 21 世纪后，早期的三大软件商 MSC、ANSYS、SDRC 的命运各不相同，SDRC 被 EDS 收购后与 UGS 进行了重组，其产品 I-DEAS 已经逐渐淡出了人们的视线；MSC 自从 Nastran 被反垄断拆分后一蹶不振，2009 年 7 月被风投公司 STG 收购；而 ANSYS 则是最早出现的三大巨头中最为强劲的一支，收购了 FLUENT、CFX、Ansoft 等众多知名厂商后，逐渐塑造了一个体系规模庞大、产品线极为丰富的仿真平台。

而 CAE 市场的其他厂商也发生了不少的并购和重组，一些新近的厂商也在逐渐崭露头角。如并入达索 SIMULIA 的 ABAQUS，能否如 SolidWorks 一样借助达索的强劲在 CAE 市场中打出一片天地；以前后处理而进入 CAE 领域的 Altair 公司，其 Hypermesh 软件自诞生之日起就备受业界的关注，而围绕前后处理建立起来的 HyperWorks 软件也已经成为了现在市场上很有竞争力的软件，近几年来收入也持续上涨；LMS 也是一个比较有特点的 CAE 软件公司，其软件的分析集 1D、3D、"试验"于一身，不仅可以加速虚拟仿真，还能使仿真结果更准确可靠；COMSOL 则是以多物理场耦合仿真开辟出了一片新天地，为其发展更为 CAE 技术的发展拨开迷雾。

另外，在市场中占有一定份额的还有如前后处理软件 ANSA、Truegrid，流体仿真软件 FLUENT（被 ANSYS 收购）、CFX（被 ANSYS 收购）、Phoenics、NUMECA、Star-CD，铸造仿真软件 ProCAST、FLOW-3D、MAGMA SOFT 等一批专业 CAE 分析软件。

1.2 有限元法的意义

有限元法作为一种数值计算分析方法，是 20 世纪 50 年代求解航空工程结构问题的一种离散数学方法。这种方法的主要特点是，对于任何复杂边界条件、复杂结构对象和初始条件，都可以应用该方法进行求解，特别适合于求解多物理场作用下的超静定工程问题，包括结构分析、热分析、电磁分析、流体分析等各种问题。

经过 50 多年的发展，有限元法的应用已由弹性力学平面问题扩展到空间问题、板壳问题，由静力平衡问题扩展到稳定问题、动力问题。分析的对象从弹性材料扩展到塑性、粘弹性、粘塑性和复合材料等，从固体力学扩展到流体力学、传热学等连续介质力学领域。

有限元法是处理各种复杂工程问题的重要分析手段，同时它也是进行科学研究的重要工具。利用有限元分析可以获取几乎任意复杂工程结构的各种机械性能信息，可以直接就工程设计进行各种评判及优化，提高产品品质。有限元分析已成为替代大量实物试验的数值化"虚拟试验"，基于该方法的大量计算分析与典型的验证性试验相结合可以做到高效率和低成本。

1.3 有限元法在塑性加工领域的应用

金属塑性加工技术是现代化制造业中金属加工的重要方法之一。它是利用模具和锻压设备使金属材料变形，获得所需要的形状、尺寸和性能的制件加工过程。金属塑性成形件在汽车、飞机仪表、机械设备等产品的零部件中占有相当大的比例。由于其具有生产效率高、生产费用低的特点，适合于大批量生产，是现代高速发展的制造业的重要成形工艺。

近年来，计算机技术得到了快速发展并渗透到各个领域，为人类进行科学研究提供了强有力的工具。随着有限元理论的日益完善，数值模拟方法尤其是有限元法在金属塑性加工领域得到了广泛的应用。如今，有限元法已经成为一种先进的设计技术和手段。它不但可以分析材料的变形和流动规律、应力和应变分布规律，而且还能预测材料工艺缺陷的形成位置、形成条件和缺陷种类，并能进行工艺优化和模具设计。它克服了传统"试错法"的盲目性，节省了大量的人力、物力和时间。欧美等工业发达国家均把成形制造数值模拟与优化作为优先资助和发展的领域，并已将其大量应用于飞机、导弹、汽车等产品的成形制造过程。

有限元法的应用首先在于分析塑性加工过程的材料变形过程和机理，将很多不可视过程或高速变形过程转为可视化过程，从而可以分析材料的变形规律、材料的流动规律，判断材料的屈服过程和进入屈服的顺序。例如板材的冲压和弯曲变形过程中，板材各部位变形进入屈服状态是不同步的，了解屈服顺序和变形过程对于设计工艺和模具非常重要。另外，通过变形过程分析还可以预测和了解材料的回弹规律，以便对模具设计进行调整。对于锻造工艺，由于变形发生在模具之内无法进行直接观测，有限元可以模拟材料的流动和变形过程，这对于工艺优化和模具设计很有意义，对于掌握缺陷的形成也很有帮助。

有限元法还可以给出应变和应力分布，不但能够给出接触面的应力分布，还可以给出变形体内部任何位置的应力应变分布及变形历史，这对于判断材料的屈服状态、破裂位置等都很有意义。

有限元法可以预测材料的工艺缺陷形成位置、形成条件、缺陷种类，例如预测冲压过程的起皱、破裂和过度减薄等问题，预测锻造过程中的裂纹形成、折叠形成等问题，通过图形显示可以帮助判断缺陷产生的机理。这些已经在工业实例中得到了应用。

有限元法可以计算模具和材料的温度场变化，从而对材料的温度和材料性能变化进行实时计算。

有限元法还可以计算动态再结晶、相变和组织形态的转化，以用于控制材料变形后的组织和性能。

有限元结果可以用于工艺优化和模具设计，是塑性加工工艺和模具设计及优化的有力工具。有限元法可以给出总的变形力，给出变形体和模具的应力分布，这也是设备选择和模具强度设计的基础。

综合上述原因，有限元法在塑性加工各领域都相继得到了广泛应用。在汽车覆盖件模具设计企业，有限元模拟已经成为模具设计的一个关键工序，如同 CAD 成为模具和工艺设计的必备工具。这方面已经有大量的论文发表，这里就不再细述。有限元法在超塑成形、等温锻造、高温合金管材热挤压领域、管材液压成形、板材充液拉深成形等领域也有大量应用实例。在轧钢领域，有限元法不但应用于热轧带钢的组织演变模拟，还可以应用于在线计算和工艺控制。有限元法还可以应用于焊接、热处理等热加工过程，应用于设备结构和疲劳分析，这些应用可以通过大量文献得到说明。

尽管塑性加工中的有限元理论及技术都有很大的发展，国内外的学者在一些方面已取得丰硕的成果，但由于塑性成形自身的特点，使得有限元法在塑性加工中的应用还存在许多难题，如如何建立一个能真实反映材料在成形过程中变形规律的本构关系、摩擦接触问题的处理、如何在分析过程中自动生成高质量的有限元网格及网格重划问题、宏观模拟和微观组织预测等，这些问题都是值得进一步开发研究的重要课题。

1.4　有限元法的发展趋势

有限元法的发展非常迅速，应用领域不断扩大，结合目前 CAE 软件的发展情况可以看出有限元法的一些发展趋势：

（1）与 CAD 软件的无缝集成。

当今有限元分析软件的一个发展趋势是与通用 CAD 软件的集成使用，即在用 CAD 软件完成部件和零件的造型设计后，能直接将模型传送到 CAE 软件中进行有限元网格划分并进行分析计算，如果分析的结果不满足设计要求则重新进行设计和分析，直到满意为止，从而极大地提高了设计水平和效率。为了满足工程师快捷地解决复杂工程问题的要求，许多商业化有限元分析软件都开发了和著名的 CAD 软件（如 Pro/ENGINEER、Unigraphics、SolidEdge、SolidWorks 和 AutoCAD 等）的接口。有些 CAE 软件为了实现和 CAD 软件的无缝集成而采用了 CAD 的建模技术，如 ADINA 软件由于采用了基于 Parasolid 内核的实体建模技术，能够和以 Parasolid 为核心的 CAD 软件（如 Unigraphics、SolidEdge、SolidWorks）实现真正无缝的双向数据交换。

（2）网格自适应重构、无网格模拟。

有限元计算分析时，结构离散后的网格质量直接影响到求解时间及求解结果的正确与否，近年来各软件开发商都加大了其在网格处理方面的投入。网格自适应重构是一个发展方向。软件不但要能够针对特定问题进行初始网格划分，还要能够根据变形量的大小、畸变程度、计算精度、计算速度要求进行有限次数的网格自动重构和数据的重新分配，对于网格的密度分布、重构次数和网格类型都要有一定的人工智能能力。

无网格模拟分析法是近年来出现的新方法，它在解决某些工程问题时具有很有效的作用，得到发展和应用。但该方法不可能是有限元的替代方法，只能是有限元法的补充。

（3）有限元法与优化技术的集成应用。

目前，有限元法大多用于材料塑性加工过程的分析，还不具备独立进行工艺过程的优化能力。诚然，有限元法可以用于塑性加工过程的分析，这对工程技术人员分析、预测工艺过程中所发生的现象、理解塑性加工工艺过程是很有益处的，是一个不可缺少的工具。然而，人们应用有限元法的目的一般不只是分析工艺过程，更希望可以进行工艺的优化。一般来讲，人们都是事先设定多种工艺方案，在模拟分析多种方案的基础上确定一种比较合理的工艺方案，有一定的优化作用，但还不能保证工艺方案的最佳化，这是目前有限元在优化技术方面的缺陷。科研人员已尝试了多种有限元法与优化技术的结合，例如在有限元模拟基础上结合人工神经网络、遗传算法等进行优化。目前，这些方法的应用还不够方便，但其发展趋势是正确的，有限元技术和优化技术的结合是有限元发展的必然趋势，工程界将期待更合理先进的优化数学技术与有限元法的结合。

（4）多场耦合问题的求解。

要求有限元法同时可以预测变形过程、温度场变化、工艺缺陷和组织演变，这就必须实现有限元的多物理场耦合模拟，在目前条件下大多采用弱耦合方式，其作用和发展趋势是不可低估的。

有限元法最早应用于航空航天领域，主要用来求解线性结构问题。随着求解问题的复杂化和计算机技术的发展，有限元法越来越多地用于结构非线性、多场耦合问题的求解。例如金属的塑性加工模拟时，用户期待有限元法能同时模拟分析变形过程、温度场变化、工艺缺陷和组织演变，这就需要有限元的多物理场耦合模拟。在目前条件下现有的商用软件大多采用弱耦合方式，因此如何提高多场耦合模拟的精度是未来的发展方向。

（5）二次开发。

为了进一步提高有限元法的准确性，用户对已有软件的各种模型进行改进和二次开发是完全必要的。例如材料本构关系模型，对于软件所不具备的材料模型或数据不准确的模型，都有必要建立特定材料的本构关系模型。进行材料加工过程的组织演变模拟预测，就有必要进行组织演变模型的二次开发。对于各种缺陷和损伤的预测，也需要建立破坏或损伤模型，以实现这些功能。

1.5　有限体积法

有限体积法（Finite Volume Method），又称为有限容积法、控制容积积分法，是 20 世纪六七十年代逐步发展起来的一种主要用于求解流体流动和传热问题的数值计算方法。有限体积法是在有限差分法的基础上发展起来的，同时它又吸收了有限元法的一些优点。有限体积法与有限元法和有限差分法一样，也要对求解域进行离散，将其划分为一系列有限大小的离散网格，并使每个网格点周围有一个控制容积；将待解的微分方程对每一个控制容积积分，便得出一组离散方程，其中的未知数是网格点上的因变量的数值。有限体积法可视作有限单元法和有限差分法的中间物，其基本出发点是积分形式的控制方程，这一点不同于有限差分法，同时积分方程表示了特征变量在控制容积内的守恒特性，这又与有限元法不一样。有限单元法必须假定值在网格点之间的变化规律（既插值函数），并将其作为近似解。而在有限体积法中，插值函数只用于计算控制容积的积分，并且可以对微分方程中不同的项采取不同的插值函数。有限体积法的基本思路易于理解，积分方程中的每一项都有明确的物理意义，从而使方程进行离散时对各离散项可以给出一定的物理解释。有限体积法区域离散的节点网格与进行积分的控制容积相互分立，各节点具有互不重叠的控制容积，从而使求解域中场变量的守恒可以由各个控制容积中特征变量的守恒来保证。正是由于有限体积法的这些特点，使其成为当前求解流动与传热问题的数值计算中最成功的方法，已经被绝大多数工程流体和传热计算软件采用。值得一提的是，目前大型工程数值计算软件 Simufact 已经将全球领先的非线性求解器 MSC.Marc 和瞬态非线性求解器 MSC.Dytran 成功结合在一起，提供了有限元法与有限体积法两种建模求解方法，具有高效精确的求解能力，在工程中得到了广泛应用。

1.6   Simufact 有限元软件的特点

Simufact 公司成立于 1995 年，总部位于德国，是世界知名的 CAE 公司，致力于金属成形工艺仿真软件的开发、维护及相关技术服务。

Simufact 公司一直以来就是美国 MSC.Software 公司的商业合作伙伴，为其金属成形工艺模拟软件提供源程序并进行开发。2005 年德国 Simufact 公司和美国 MSC.Software 公司达成协议，在 MSC.Superform 和 MSC.SuperForge 的基础上开发出 simufact.forming 软件，可以用于模拟多种材料的加工工艺过程，包括辊锻、楔横轧、孔型斜轧、环件轧制、摆碾、径向锻造、开坯锻、剪切/强力旋压、挤压、镦锻、自由锻、温锻、锤锻、多向模锻、板管的液压涨形等。Simufact 还具有模具应力分析、热处理工艺仿真、材料微观组织仿真、焊接仿真等专业的配套模块。

Simufact 软件采用纯 Windows 风格和 MARC 风格两种图形交互界面，操作简单、方便，用户可自行选择。求解器将全球领先的非线性有限元求解器 MSC.Marc 和瞬态动力学求解器 MSC.Dytran 融合在一起，提供有限元法（FEM）和有限体积法（FVM）两种建模求解方法，具备快速、强健和高效的求解能力。

（1）有限单元法求解技术。

Simufact 既支持基于更新欧拉方法的刚塑性分析，又支持基于更新的拉格朗日方法的弹塑性分析。

更新的拉格朗日方法描述的弹塑性分析在计算上虽然实现起来不如刚塑性分析简便，但是可以提供弹性应力、回弹、模具膨胀和工件残余应力等结果。

Simufact 对非线性方程组的迭代解法是牛顿－拉夫森迭代，而求解代数方程组的方法为稀疏存储的直接解法和稀疏存储的迭代解法。稀疏存储迭代求解器具备了求解效率高、精度好的特点，能够支持大规模的、复杂的金属成形分析。

（2）有限体积法求解技术。

Simufact 不仅采用传统的有限元法求解金属成形工艺问题，还首次应用有限体积法求解高度非线性大变形问题。

金属成形是高度非线性工艺过程，多数情形下毛坯形状相当简单，但最终产品的几何形状非常复杂，采用基于有限体积的材料流动模拟技术突破了传统有限单元技术模拟极度大变形材料流动的障碍。

Simufact 采用的固定在空间的有限体积 Eulerian 网格技术是一个固定的参考框架，单元由节点连接构成，节点在空间上固定不动。非常适于精确模拟材料大变形问题，完全避免了用有限单元技术难以处理而又无法回避的三维网格的重划分问题。Simufact 采用了分辨率增强技术（RET）自动加密工件表面离散的小平面，提高对材料流动描述的精度。多道次锻造过程，跟踪材料表面的小平面数量会非常大。Simufact 提供的图形界面网格稀化器可以在两个锻造道次之间稀化材料表面的小平面，使模拟速度大大加快，减少所需内存。

Simufact 热处理模块可对正火、退火、淬火、回火、时效、感应加热、冷却相变等材料的热处理工艺和加工过程中的微观组织转变进行模拟仿真，可对热处理和加工过程进行热力耦合分析，充分考虑材料、边界条件、接触等非线性问题，对现实进行虚拟仿真。

　　Simufact 软件拥有材料数据库和加工设备数据库，数据库为开放式结构，用户可以对数据库进行修改和扩展。设备数据库中包含锻锤、曲柄压力机、螺旋压力机、液压机、机械压力机和辊锻机的参数，用户也可自定义工模具的运动方式。系统提供多种材料的材料数据库，包括钢材、工模具钢、铜、铝等有色金属、钛合金和锆基合金等。用户可将描述弹性材料或刚塑性材料流动的选项与引入温度影响的选项组合成四种分析类型，即弹塑性、刚塑性、弹粘塑性和刚粘塑性，供用户自由选择。

　　可以同时提交多个模拟任务，无需人工干预，系统按顺序自动完成各个模拟任务，如果某个模拟过程意外终止，那么将继续进行列表中的下一个模拟任务。

2

Simufact 模拟过程中的一些常用技术

2.1 材料模型

目前国内所使用的仿真软件基本上都是国外软件。软件内置的材料数据库大多数都是依照国外标准，用户时常遇到材料数据库中没有实际加工所需材料的情况。这时需要用户根据实际情况导入新的材料数据。一般来说，大多数仿真软件均可由用户自定义材料数据，方式大同小异，如通过材料性能实验获得所需要的材料参数等。下面以 simufact.forming 软件为例说明材料的定义方法，主要分为弹性部分和塑性部分。

2.1.1 弹性部分

Simufact 定义新材料弹性属性参数的界面如图 2.1 所示。

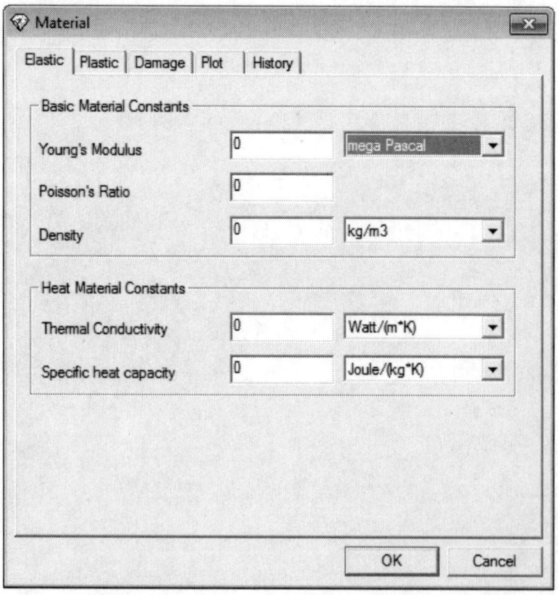

图 2.1 弹性属性参数定义界面

这里用户可以输入杨氏模量（Young's Modulus）、泊松比（Poisson's Ratio）、密度（Density）、热导率（Thermal conductivity）、比热容（Specific heat capacity）。比热容和热导率是材料的内在属性，通常在做热力耦合模拟时需要用到这两个参数，可以定义为常量。如果需要定义为随温度变化的变量，可以直接修改材料数据库文件，如软件安装目录 MasterLibrary\Material\Steel 下的 DIN_1.1141_w(T=20-600C).sf 文件，可以采用记事本打开该文件进行编辑。

2.1.2 塑性部分

图 2.2 所示为塑性属性参数定义界面。在塑性部分的菜单中，提供了四种材料模型供用户选择。当选择不同材料模型时，对应输入的参数也会不同。勾选上 Dependent on heat 前面的复选框，单击 Open table 按钮可以输入随温度变化的应力应变曲线，还可以输入热膨胀系数（Coefficient of thermal expansion），以上参数均可通过实验手段获得。

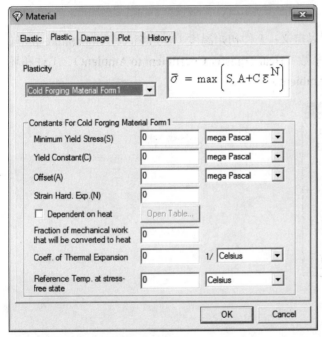

图 2.2 塑性属性参数定义界面

2.2 热力学

Simufact 在定义传热时，可以分别对模具和工件定义传热。

2.2.1 模具传热

图 2.3 所示为模具传热设定界面，可以定义：模具初始温度（Initial Die Temperature）、模具和环境之间的热传导系数（Heat Transfer Coefficient to Ambient）、模具和工件之间的热传导系数（Heat Transfer Coefficient to Workpiece）、模具和环境的热辐射（Emissivity for Heat Radiation to Ambient）。

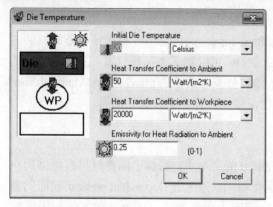

图 2.3 模具传热设定界面

2.2.2 工件传热

图 2.4 所示为工件传热设定界面，可以定义：工件初始温度（WorkPiece Temperature-Initial or Reheated）、工件和环境之间的热传导系数（Heat Transfer Coefficient to Ambient）、工件和环境的热辐射（Emissivity for Radiation to Ambient）。

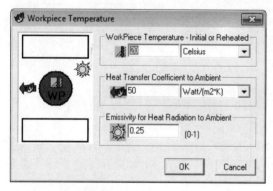

图 2.4 工件传热设定界面

2.3 运动学

Simufact 在定义运动时，主要是从设备模型、模具、弹簧等方面来设置的。本节主要介绍这三部分的内容。

2.3.1 设备

Simufact 设备库中包含常用设备及自定义设备，涵盖材料加工过程中所需的大多数设备，主要包括曲柄压力机、锤、摩擦压力机、液压机、机械压力机与自定义设备。

（1）曲柄压力机。

在 Simufact 的曲柄压力机菜单中，需要定义：曲柄转动半径 R、杆长 L、转速（Revolution），单位可以在对应下拉菜单中选择。

（2）锤。

在 Simufact 中有多种锤可供选择，如空气锤、机械锤、对击锤等。需要定义的参数有最大打击能量（Maximum Energy）、锤头重量（Mass）、打击效率（Efficiency during stroke）、最大打击力（Maximum impact Force）、对击锤下锤头质量（Counter Mass）。

（3）摩擦压力机。

摩擦压力机是靠储存在飞轮中的能量带动滑块运动，从而实现对坯料的打击。需要定义的参数有总能量（Gross energy）、最大圆周速度（Maximum ram speed）、打击效率（Efficiency during stroke）、最大打击力（Maximum impact Force）。

（4）液压机。

液压机是靠液体压力来传递能量的一种锻压设备。在 Simufact 中定义液压机时需要定义：初始速度 Initial velocity、终止速度 End velocity、时间 Time（在匀加/减速运动时定义），匀速运动时，只需定义速度 velocity。

（5）机械压力机。

机械压力机需要定义：最大行程 Maximum Stroke 和转速 Revolution。

（6）自定义设备。

在很多情况下，设备的运动方式没有规律，Simufact 提供了用户自定义设备。在 Tabular motion press 中可以定义随时间 Time 或者行程 Stroke 变化的平动 Translation 和转动 Rotation 运动方式。

2.3.2　模具与弹簧

Die type 选项可以定义特殊的模具，Simufact 提供三种特殊的模具：模具弹簧、模具约束和通用弹簧。

模具弹簧只能添加在模具上，而不能用于设备或者模具约束上。相对于通用弹簧来说，模具弹簧有两个位置限制其运动：模型的位置和最大允许位移的位置。在对其进行定义时，必须定义其方向和位移、刚度与初始力。

模具约束可以定义模具的平动与转动。通过模具约束，可以约束模具在 X、Y、Z 方向的平动或者转动；也可以通过设备来定义模具在 X、Y、Z 方向的平动或者转动。

通用弹簧可以用于各种类型的模具。

2.4　摩擦模型

工件与模具接触时，需要定义摩擦模型。一般地，工件与模具接触面的摩擦条件影响金属流动、力的分布和成形载荷。Simufact.forming 提供了四种摩擦模型：库伦摩擦、剪切摩擦、库伦－剪切摩擦和 IFUM 摩擦。其中，库伦摩擦模型适用于较低接触力的成形工艺。如果摩擦剪切应力达到临界值，工件就会沿着模具滑动。剪切摩擦模型也称为屈雷斯加（Tresca）摩擦模型，当摩擦剪切应力超过几分之一的屈服应力时，工件就会滑动。系数为 0，表示工件与模具表面没有剪切摩擦；系数为 1 时，表示摩擦剪切应力等于材料的屈服应力。剪切摩擦模型适用于高接触力的成形工艺。库伦－剪切摩擦模型是库伦摩擦模型和剪切摩擦模型的耦合，适合于高、低接触力同时存在的成形工艺。

通过摩擦模型对话框可以选择摩擦模型，定义摩擦系数。此外，还可以通过输入硬度和磨损系数来定义模具的磨损。硬度的输入可以选择帕斯卡或者洛氏硬度。如果模具的硬度和磨损系数随温度的变化而变化，那么还可以通过单击 Open table 按钮分别输入不同温度时的硬度和磨损系数，或者单击 Import file 按钮输入 csv 格式的表格。

2.5　损伤模型

Simufact.forming 提供了两种损伤模型：Cockroft Lathan 和 Lemaitre 准则。在定义材料损伤模型时，需要临界损伤、最大应力、损伤系数和等效应变。

3

Simufact.forming 操作界面

3.1 引言

Simufact 是基于原 Superform 和 Superforge 开发出来的先进的材料加工及热处理工艺仿真优化平台，包括辊锻、楔横轧、孔型斜轧、环件轧制、摆碾、径向锻造、开坯锻、剪切/强力旋压、挤压、镦锻、自由锻、温锻、锤锻、多向模锻、板管的液压胀形等材料加工工艺均可用 Simufact 进行仿真。Simufact 还具有模具应力分析、热处理工艺仿真、材料微观组织仿真、焊接仿真等专业的配套模块。Simufact 热处理模块可对正火、退火、淬火、回火、时效、感应加热、冷却相变等材料的热处理工艺和加工过程中的微观组织转变进行模拟仿真。可对热处理和加工过程进行热力耦合分析，充分考虑材料、边界条件、接触等非线性问题，对现实进行虚拟仿真。Simufact 采用的求解器包括 MARC（有限元法 FEM）和 DYTRAN（有限体积法 FVM）两种。Simufact 采用 Windows 和 MSC.mentat 两套操作界面，一般工程中使用通常采用 Windows 操作界面，简单易行。

3.2 Simufact.forming 总体界面

Simufact.forming 总体界面由工具栏与进程树窗口、对象储备区窗口、图形显示区窗口三个主要区域组成，如图 3.1 所示。

（1）进程树窗口（Process tree window）。

进程树窗口中显示模拟过程中使用的所有进程，每一个进程树都包括五个基本项目，分别为上模具、下模具、工件、环境温度、成形控制。每当选择进程树中的进程时都会在选择的目标符号后面出现一个感叹号标记，这对于观察结果和修改对象都是十分有用的。

（2）对象储备区窗口（Inventory window）。

对象储备区窗口中显示模拟使用的对象,主要包括在库存窗口所使用的任何对象的模拟显示,具体包括几何模型、材料、设备、摩擦属性、热属性、网格类型、网格重划分、模具类型与边界条件。

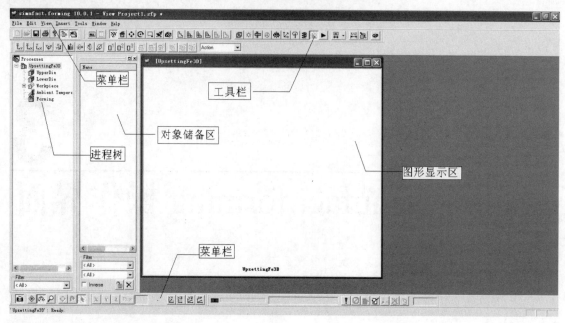

图 3.1　Simufact.forming 主界面

（3）图形显示区窗口（Model view window，也称模型视图窗口）。

图形显示区窗口显示模型工作情况，用户可以移动并查看物体以及预览工具运动状况等。

用户可以通过查看菜单（View）切换或关闭不同的工具栏。大多数的工具栏在开始一个新项目时被激活。当一个案例提交计算并产生出结果文件以后，后处理工具栏就会被自动激活。用户可以根据自己的需求按下鼠标左键拖动工具栏移动到合适的位置。

3.3　语言选择

Simufact.forming 默认语言选项是英语。目前，还支持日语与德语语言选项，在以后的版本中还会增加法语和葡萄牙语语言选项。改变语言选项可以通过单击 Tools 菜单下的 Language 来实现，如图 3.2 所示。

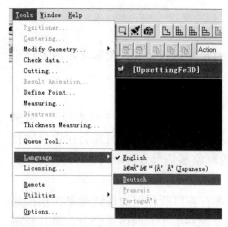

图 3.2　改变语言选项

3.4　程序初始设置

依次单击 Tools→Options 进入程序初始设置选项界面，如图 3.3 所示。在这里，用户可以设置单位、图形、颜色、结果、环境、模拟等。

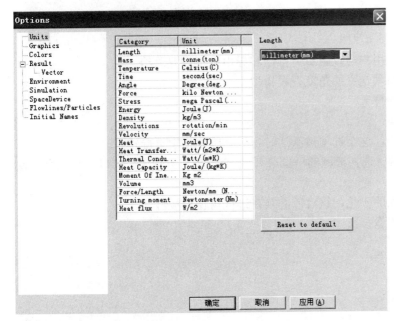

图 3.3　程序初始设置选项界面

3.5　工具栏

3.5.1　标准工具栏

标准工具栏如图 3.4 所示。

图 3.4　标准工具栏

从左到右依次为：

：创建一个新项目。

：打开一个以前存储的项目。

：保存项目。

：打印活动视图。

：打开 Simufact.forming 帮助文件。

：打开/关闭进程树窗口。

：打开/关闭对象储备区窗口。

3.5.2　图像显示工具栏

图像显示工具栏如图 3.5 所示。

图 3.5　图像显示工具栏

从左到右依次为：

：打开进程预览窗口。

：打开进程报告窗口，用户可以查看、打印和导出进程设置总结。

：打开视角工具，按照预定义的角度查看模型。

：重置模型视图到初始位置。

：使模型适合窗口大小。

：设置相机的旋转中心，这个选项被激活时相机会围绕指定点旋转。

：按住鼠标左键画框架（选择模型的一部分），这个框架将被放大。可以重复这个过程直到满足要求为止。

：设置活动视图中对象的颜色，该对象必须在进程树窗口被激活。

：保存当前视图中的图像。

：实体表面显示。

：实体表面网格显示。

：线框显示。

：实体表面轮廓线显示。

：半透明显示实体。

：不显示模型。

：显示网格重划分区域。

：高亮选择。

：切换模型坐标。

：切换显示对称平面。

：切换显示约束面。

：显示局部坐标系。

：显示模具的旋转轴。

：切换显示模具弹簧。

：切换显示流线。

：开始/停止模拟动画（预览定义的模具运动）。

：同步视图。

：距离测量。

：切片。

：启动 Simufact.quickpost。

3.5.3　后处理工具栏

后处理工具栏如图 3.6 所示。

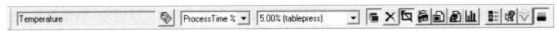

图 3.6 后处理菜单

从左到右依次为：

后处理变量（Result Variable）：显示选定变量的图形输出。

：选择待分析的后处理变量，并输出图形。单击弹出打开后处理结果选择窗口，如图 3.7 所示。

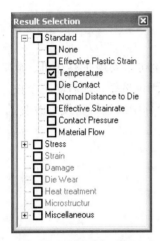

图 3.7 后处理结果选择窗口

显示类型（Display Type）：在动画窗口选择进度条的功能，如时间百分比、行程、增量步等。

计算结果步数（Result Step）：选择显示后处理结果的进程步数。

：新建窗口显示。

：结果删除。

：向量结果显示。

：二维结果扩展为三维显示。

：在图形区显示结果视图。

：模拟结果动画显示。

：历史追踪。查看诸如上下模具 X、Y、Z 方向受力随时间的变化曲线。

：自定义颜色图例，修改结果视图中坐标轴的最大、最小值。

：测量工件中某一点对应变量的大小。

：切换变形或不变形显示。

：切换实体显示或光滑显示。

3.5.4 视角/角度工具栏

视角/角度工具栏如图 3.8 所示。

图 3.8 视角/角度工具栏

默认视图窗口为 YZ 视图。用户可以切换模型视图、让模型绕固定轴旋转、镜像查看、保存视图等。

3.5.5 鼠标左键功能选择工具栏

鼠标左键功能选择工具栏如图 3.9 所示。

图 3.9 鼠标左键功能选择工具栏

从左到右依次为：

：切换相机模式。如果打开，则左侧三个按钮变亮，鼠标左键可以实现平移相机、旋转相机、模型缩放功能，但不改变模型在整体坐标中的位置。如果关闭该按钮，则右侧三个按钮点亮，切换为移动、旋转、选取功能，此时移动模型，模型在整体坐标中的位置将发生改变。

：点击并按住鼠标左键，在活动窗口中平移相机。

：点击并按住鼠标左键，在活动窗口中旋转相机。

：点击并按住鼠标左键，在活动窗口中缩放模型。

：点击并按住鼠标左键，在活动窗口中移动模型。

：点击并按住鼠标左键，在活动窗口中旋转模型。

：拾取模型上的点、面、单元等。

3.5.6 移动选项工具栏

移动选项工具栏如图 3.10 所示。

图 3.10 移动选项工具栏

从左到右依次为：

：选择旋转轴为 X 轴、Y 轴或 Z 轴。

：输入待移动或旋转的变量值。

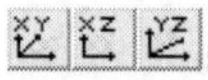

：在 XY、XZ、YZ 平面上显示格栅点。

：格栅设置。

3.5.7 模拟工具栏

模拟工具栏如图 3.11 所示。

图 3.11 模拟工具栏

从左到右依次为：

：显示整个模拟过程的进度条。

　100.00%　：状态栏，显示当前模拟进程的百分比。

：开始/重启动。

：停止模拟。

：插入结果。

：检查模拟数据是否正确。

：停止当前的模拟并删除临时文件。

：查看错误信息日志。

：查看输出文件。

3.6　菜单

3.6.1　文件菜单（File）

New Project：创建一个新项目。

Open Project：打开一个以前存储的项目。

Open Example：打开一个项目案例。

Close Project：关闭当前项目。

Save Project：存储当前项目。

Save Project As：另存当前项目。

Simulation：提供模拟控制指令。

Export Simulation File：输出模拟文件（.dat 文件），可以在其他计算机上计算。

Import Results：输入模拟结果文件。

Print Preview：打印预览。

Print：打印活动视图。

Save Image：保存活动视图图片。

Exit：退出。

3.6.2　编辑菜单（Edit）

Save Position：保存所有进程对象的当前位置。

Load Position：载入以前存储的对象位置。

Reset Position：重置所有位置为初始状态位置。

3.6.3　视图菜单（View）

Color：改变工件和模具的默认颜色。

Surface：显示模式设置。

Viewing：视图。

Result：结果。

Helpers：此菜单包括一些额外的显示选项，如流线、对称面。

Toolbars：工具条显示设置。

3.6.4 插入菜单（Insert）

Process：在当前项目中插入一个新的进程。

StageControl：插入一个阶段控制。

Die：插入一个模具。

Workpiece：插入一个工件。

Model：插入模型。

Material：插入材料。

Press：插入设备。

Friction：插入摩擦。

Heat：插入温度设置。

Remesh：网格重化设置。

Die Type：特殊模具定义，如插入模具弹簧、模具约束和通用弹簧。

Boundary Condition：边界条件定义。

Symmetry Plane：对称平面定义。

FE Contact Table：接触表定义。

Flowlines：流线定义。

Particles：质点定义。

3.6.5 工具菜单（Tools）

Positioner：启动定位工具。

Centering：启动定心工具。

Modify Geometry：结合不同的选项修改几何模型。

Check data：检查进程中的设置错误。

Cutting：打开"切片"对话框。

Animation：打开一个进程结果动画。

Define Point：打开"定义点"对话框。

Measuring：打开测量工具。

Thickness measuring：打开"测量"对话框。

Queue Tool：打开队列工具。

Language：语言环境选择。

Licensing：打开 License 管理器。

Remote：启动远程管理服务。

Utilities：启动快捷工具。

Options：打开"一般设置"对话框。

3.6.6 窗口菜单（Window）

Tile：并排显示打开的活动视图。

Cascade：层叠显示打开的活动视图。

Close All：关闭所有打开的活动视图。

如果用户有一个或多个活动视图，就会在窗口底部的菜单中看到一个列表，用户可以从列表中选择一个视图在前台显示。

3.6.7　帮助菜单（Help）

New features：当前版本的新特点。

Help Topics：打开帮助文件。

Technical Reference：技术参考（MSC.Marc 和 MSC.Dytran 求解器）。

About simufact.forming：软件说明。

3.7　"进程属性"对话框

当创建一个新项目时（File→New Project）或在已有项目中添加新进程时，将会打开"进程属性"对话框，如图 3.12 所示。用户可以在这里定义项目进程的基本设置。

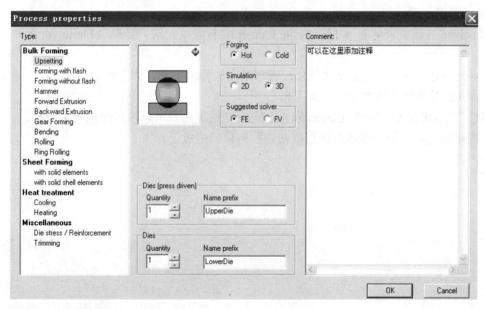

图 3.12　"进程属性"对话框

"进程属性"对话框左侧部分 Type 为进程类型，包括：

Bulk Forming：体积成形。

- Upsetting：镦粗。

- Forming with flash：有飞边成形。

- Forming without flash：无飞边成形。

- Hammer：锤锻。

- Forward Extrusion：正挤压。

- Backward Extrusion：反挤压。

- Gear Forming：齿轮成形。

- Bending：弯曲成形。
- Rolling：旋转成形。
- Ring Rolling：环件轧制。

Sheet Forming：钣金成形。

- with solid elements：采用实体单元。
- with solid shell elements：采用实体壳单元。

Heat Treatment：热处理。

- Cooling：冷却过程。
- Heating：加热过程。

Miscellaneous：其他。

- Die stress/Reinforcement：模具应力/强化。
- Trimming：剪切。

"进程属性"对话框中间部分为进程参数设置，包括：

Forging（锻造类型）：Hot（热成形）或 Cold（冷成形）。

Simulation（模拟类型）：2D（二维）或 3D（三维）。

Suggested solver （建议求解器）：FE（Finite Element，有限单元法）或 FV（Finite Volume，有限体积法）。

Dies (press-driven)：模具（设备驱动部分，通常是在工件的上方，即上模）。

Dies：模具（通常是在工件的下方，即下模）。

"进程属性"对话框右侧部分为 Comment（注释），在这里用户可以输入评论或进程描述。

单击 OK 按钮确定后，一个基本的进程就在进程树窗口生成了。

4

开式模锻模拟

4.1 引言

开式模锻是大批量生产锻件的主要方法,毛坯在特制的锻模模腔中塑性变形流动,充满模腔成为锻件。开式模锻的终锻型槽在整个分模面上都有飞边槽,其变形过程可以划分为三个阶段:自由变形阶段、形成飞边和充满型槽阶段、锻足阶段。与自由锻造相比,由于采用锻模,模锻可以生产形状更加复杂的锻件,生产效率高,尺寸精度高;锻件加工余量小,材料利用率高;锻件流线分布更合理,零件的使用寿命提高;操作相对简单。但是模锻设备投资较大,锻模成本高,生产准备周期长,工艺灵活性相对较低。因此,批量小的锻件采用模锻方法生产经济上不合算。

连杆是汽车发动机中重要的组成部分,随着科技的迅速发展,连杆的模锻工艺也在不断地更新。连杆作为发动机重要的零部件之一,在工作过程中承受着大小和方向都呈现周期性变化的活塞销传来的气体作用力、自身摆动造成的连杆惯性力及活塞组的往复惯性力。因此,连杆受到的是压缩、拉伸、弯曲等交变载荷,这就要求连杆具有足够的强度和刚度。应用数值模拟技术,对连杆在模锻时成形和生产的缺陷进行模拟和预测,同时对其成形工艺进行优化,获得合理的成形工艺参数,为提高连杆锻件成形质量和模具寿命提供依据。

模锻方法按照所使用的设备可以分为:模锻锤上模锻、热模锻压力机上模锻、平锻机上模锻等。本例中开式模锻设备采用热模锻曲柄压力机。曲柄压力机具有以下特点:

(1)由于变形力由设备本身封闭系统的弹性变形所平衡,滑块的压力基本上属静力性质,因而工作时无振动,噪音小。

(2)象鼻形导向机构增加了滑块的导向长度,提高了设备的工作精度。

(3)楔形工作台,可以调节锻压机闭合高度,避免因滑块"卡死"而损坏曲柄连杆。

(4)具有自动顶料装置,便于实现机械化和自动化。

曲柄压力机的结构特点和工作特点也带来了如下模锻工艺特点:

(1)锻件精度较锤上模锻精度高。这是由于机架结构封闭、刚性大、变形小,所以上下模闭合高度稳定,锻件高度方向尺寸较精确;同时由于滑块导向精度高,锻模又可以采用导柱、导套进一步辅助导向，所以锻件水平方向尺寸也精确；另外由于上下顶出机构从上下模中自动顶出锻件，因此模锻件的模锻斜度比锤上模锻的小，在个别情况下甚至可以锻出不带模锻斜度的锻件。

（2）曲柄压力机上模锻件内部变形均匀，流线分布也均匀、合理，保证了力学性能均匀一致。

（3）曲柄压力机上模锻容易产生大毛边，金属充填上下模差异不大。这是由于滑块运动速度低，金属在水平方向流动比锤上模锻剧烈。

（4）曲柄压力机模锻具有静压力的特性，金属在型槽内流动较缓慢。这对变形速度敏感的低塑性合金的成形十分有利。

4.2 开式模锻实例分析

4.2.1 创建新的工艺仿真

打开 Simufact.forming 软件。可以通过以下三种方式创建新的工艺仿真：

（1）在软件界面单击 File→New Project 命令。

（2）按快捷键 Ctrl+N。

（3）单击"新建"按钮 。

对于闭式模锻进程，需要在"进程属性"对话框里选择 Bulk Forming 类型里的 Forming with flash，如图 4.1 所示，进程属性相关参数设置如下：

锻造类型 Forging：Hot。

模拟类别 Simulation：3D。

求解器 Suggested Solver：FV（有限体积法求解器）。

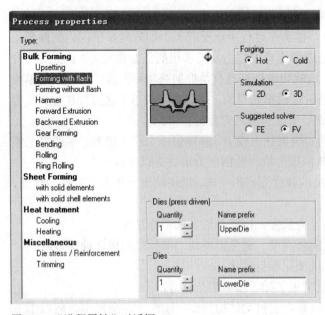

图 4.1 "进程属性"对话框

单击 OK 按钮确认，弹出进程树对话框，系统默认进程名称 Processes 为 WithFlashFv3D，用户也可以根据需要自行修改进程名称（鼠标左键缓慢双击要修改名称的进程树，或者通过右键单击选择 Rename 修改名称），如图 4.2 所示。

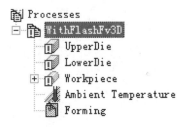

图 4.2　进程树对话框

4.2.2　导入几何模型

Simufact 可以通过两种方式导入几何模型：一种方式为通过文件导入模型（From file），支持的几何模型格式包括 STL、BDF、DAT、ARC、T16、WRL 和 DXF；另一种方式为通过 CAD 导入模型（CAD import），支持的几何模型格式包括 IGES、STEP、Proe、Catia、Ug、SolidWorks 等默认格式文件。这里采用通过文件导入模型方式，具体操作说明如下：

（1）单击 Insert 按钮或者在对象储备区右击，选择 Model→From file。

（2）在弹出的"打开"对话框中，按住 Ctrl 键分别选择要导入的模型文件（模型文件可以在光盘中 Char4 文件夹里找到）：上模（UpperDie.stl）、下模（LowerDie.stl）和坯料（Billet.stl），单位（Unit）选择 mm，单击"打开"按钮，如图 4.3 所示。

图 4.3　"打开"对话框

（3）使用鼠标左键分别选择对象储备区中的 LowerDie、UpperDie 和 Billet（按住鼠标左键不放），拖到左侧进程树 LowerDie、UpperDie 和 WorkPiece 下方，如图 4.4 所示。完成后，会在右侧图形显示区看到导入的模型，如图 4.5 所示。

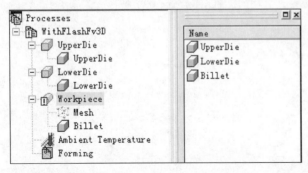

图 4.4　导入几何模型

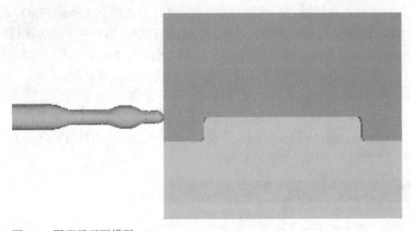

图 4.5　图形显示区模型

在进程树 Workpiece 上右击，在弹出的菜单中选择 Rotate，设置旋转轴为 Z 轴，旋转角度为 180°，如图 4.6 所示。依次单击 Apply 和 OK 按钮确认，此时图形显示区显示结果如图 4.7 所示。

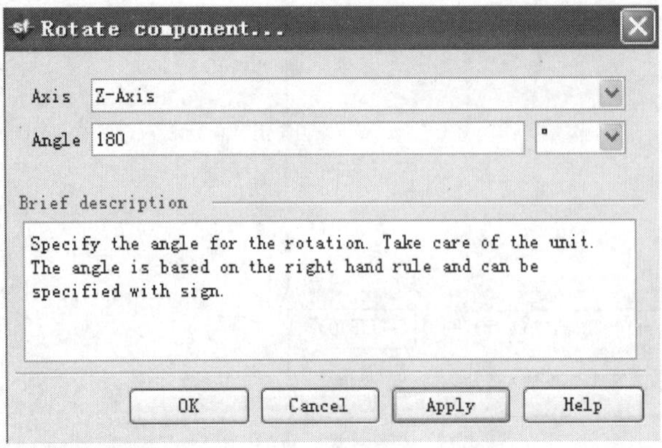

Rotate component...

Axis `Z-Axis`

Angle `180` °

Brief description

Specify the angle for the rotation. Take care of the unit. The angle is based on the right hand rule and can be specified with sign.

| OK | Cancel | Apply | Help |

图 4.6　旋转坯料

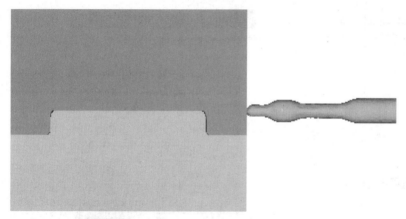

图 4.7　图形显示区模型

单击切换鼠标功能按钮 ▣（图形区内的模型显示控制）切换鼠标功能，单击 ◇ 按钮将鼠标功能切换为移动功能，单击 **Z** 限定只能沿 Z 轴移动，如图 4.8 所示。

图 4.8　图形区内的模型显示控制

在进程树中选中 upperdie（上模）。在右侧图形区按住鼠标左键拖动上模和下模分开，如图 4.9 所示。拖拉完毕后，再次单击切换鼠标功能按钮 ▣ 切换鼠标功能。

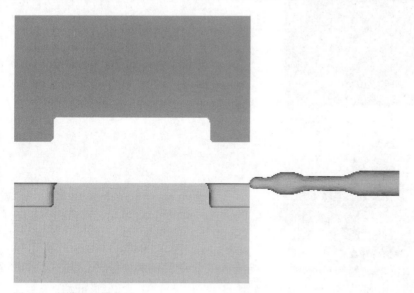

图 4.9　上模和下模分开

在进程树 workpiece 上右击，在弹出的菜单中选择 Align Bounding Box（边界框排列），如图 4.10 所示。

在弹出的对话框中间（to the box of）选择 LowerDie，意为使坯料以下模为基准按照指定方式靠近。分别单击上部和下部的 Center 按钮设定坯料和下模的参考点均为中心点，使坯料的中心点和下模的中心点重合。单击 OK 按钮，如图 4.11 所示。

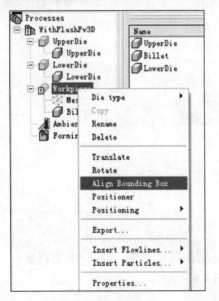

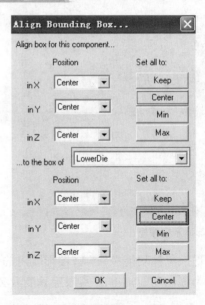

图 4.10 选择工件边界框排列　　　　　　图 4.11 边界框设置

在进程树中选中 LowerDie（下模），单击 ⬚⬚⬚⬚⬚⬚ 工具栏中的透明按钮（Transparent）设置下模显示方式为透明模式，使下模与坯料一同显示，如图 4.12 所示。

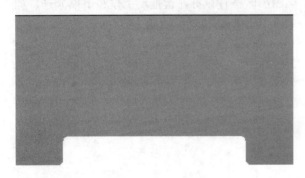

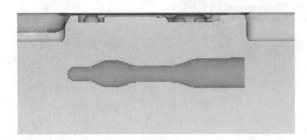

图 4.12 下模与坯料一同显示

单击切换鼠标功能按钮 ⬚ 切换鼠标功能，单击 ⬚ 按钮将鼠标功能切换为移动功能，单击 **Z** 按钮限定只能沿 Z 轴移动。

在进程树中选中 WorkPiece（坯料）。在右侧图形区按住鼠标左键拖动坯料至上模和下模的中间位置。

在进程树中选中上模，单击 ⬚⬚⬚⬚⬚⬚ 工具栏中的透明按钮（Invisible）隐藏上模。单击 ⬚⬚⬚⬚⬚ 工具栏按钮可以切换视图方向。点击切换鼠标功能按钮 ▣，切换鼠标功能，点击 ◇ 按钮将鼠标功能切换为移动功能，使用拖拉方式将坯料限定在 X 方向移动，使坯料移动到如图 4.13 所示的位置。

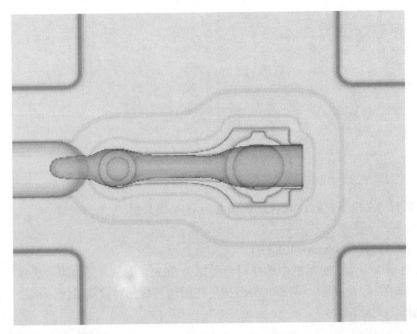

图 4.13　移动坯料

在进程树中选中 WorkPiece，单击 Tools→Positioner 命令，在弹出的"坯料位置自动确定"对话框中选择坯料自由下落方向为 Z，点击向下的箭头，如图 4.14 所示。此时，坯料将会自动落到下模上面，如图 4.15 所示。

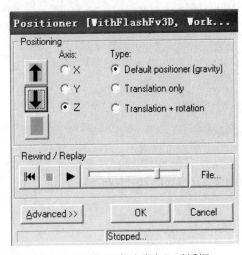

图 4.14　"坯料位置自动确定"对话框

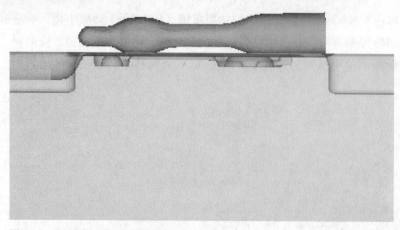

图 4.15　坯料自动落到下模上面

4.2.3　定义材料

模具材料的定义：如果不定义模具材料，软件默认设置为 H13 模具钢。

坯料材料的定义步骤如下：

（1）在对象储备区右击，选择 Material→Library。

（2）在弹出的"插入材料库方案"对话框中选择材料类型为 Steel（钢），材料牌号选择 DIN_1.7131(T=20-1100C)，如图 4.16 所示。单击 Load 按钮将所选加载到对象储备区，单击 Close 按钮关闭"材料数据库"对话框。

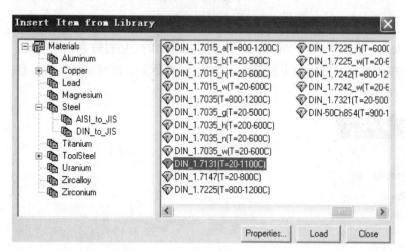

图 4.16　插入材料库方案

（3）在对象储备区使用鼠标左键把材料 DB.DIN_1.7131(T=20-1100C)拖到进程树 WorkPiece 下方，完成坯料材料定义，如图 4.17 所示。

4.2.4　定义设备

本案例使用的设备为曲柄压力机。设备的定义步骤如下：

（1）设备参数定义。在对象储备区右击，选择 Press→Manual；在弹出的"设备"对话框中选择压力机类型（Press Type）为 Crank press（曲柄压力机），设定曲柄压力机的曲柄半径（Crank Radius(R)）为 300mm，杆长（Rod Length(L)）为 1000mm，旋转速度（Revolution）为 30r/min，如图 4.18 所示。

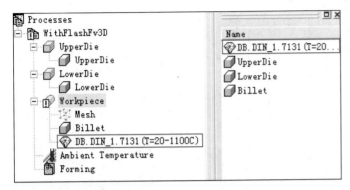

图 4.17　定义坯料材料

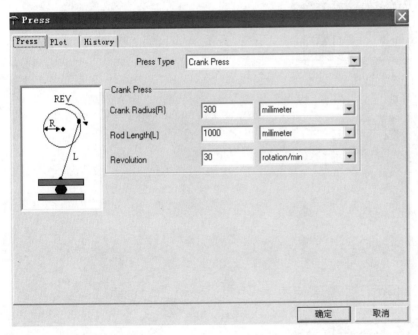

图 4.18　设备参数定义

（2）设备定义。单击"确定"按钮将设备添加到对象储备区。修改设备名称为 CrankR30，在对象储备区用鼠标左键将设备拖到进程树 WithFlashFv3D 下方；在进程树中使用鼠标左键选中 UpperDie 将其拖到设备 CrankR30 下方，如图 4.19 所示。

4.2.5　定义摩擦

摩擦的定义步骤如下：

（1）摩擦属性定义。在对象储备区右击，选择 Friction→Manual，在弹出的"摩擦定义"对话框中选择 Type of Friction（摩擦类型）为第三种摩擦类型，Coulomb Friction and Plastic Shear

Friction（库仑摩擦与塑性剪切摩擦模型），设定库仑摩擦系数为 0.3，塑性剪切摩擦因子为 0.4，如图 4.20 所示。

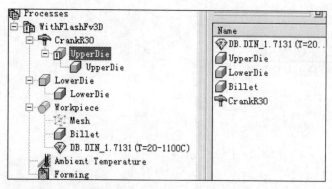

图 4.19　完成设备定义

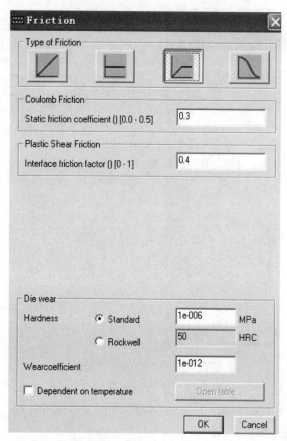

图 4.20　定义摩擦

（2）模具摩擦定义。单击 OK 按钮确定，将摩擦属性添加到对象储备区。默认摩擦名称为 C-Shear，在对象储备区用鼠标左键将摩擦 C-Shear 拖到进程树 UpperDie（上模）和 LowerDie（下模）下方，完成摩擦定义，如图 4.21 所示。

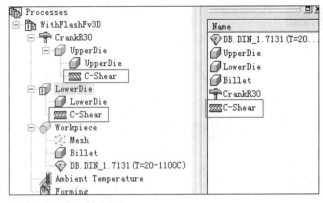

图 4.21　定义模具摩擦

4.2.6　定义温度

本案例中模具温度为 150℃，坯料初始温度为 1100℃，环境温度为 30℃。

温度的定义步骤如下：

（1）模具温度定义。在对象储备区右击，选择 Heat→Die→Manual，在弹出的模具温度定义对话框中设定模具的初始温度（Initial Die Temperature）为 150℃，单位类型选择 Celsius，工件热传导系数为 30000，单位类型选择 Watt/(m2*k)，如图 4.22 所示。单击 OK 按钮确定，将模具温度定义添加到对象储备区，并将其名称修改为 DieT150。

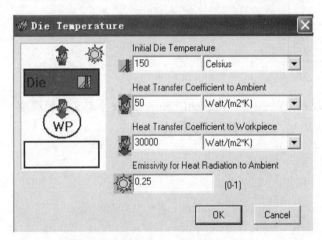

图 4.22　模具温度定义

（2）坯料温度定义。在对象储备区右击，选择 Heat→WorkPiece→Manual，在弹出的"工件温度定义"对话框中设定坯料的初始温度（Initial WorkPiece Temperature）为 1100℃，单位类型选择 Celsius，如图 4.23 所示。单击 OK 按钮确定，将坯料温度添加到对象储备区，并修改其名称为 WPT1100。

（3）施加模具与坯料温度。使用鼠标左键将对象储备区模具温度定义 DieT150 分别拖到进程树 UpperDie 和 LowerDie 下方，完成上模与下模温度定义，再将坯料温度 WPT1100 拖到进程树 WorkPiece 下方，完成坯料温度定义，如图 4.24 所示。

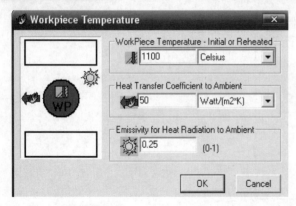

图 4.23　坯料温度定义

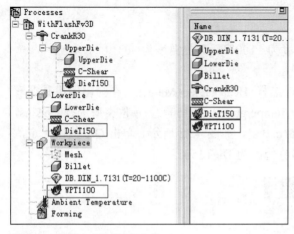

图 4.24　模具与坯料温度定义

（4）环境温度定义。使用鼠标左键双击进程树中的 Ambient Temperature，定义环境温度为 30℃，单位类型选择 Celsius，如图 4.25 所示。单击 OK 按钮确定。

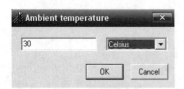

图 4.25　定义环境温度

4.2.7　点历史追踪

在模锻中经常需要查看锻后零件的某一点应力、应变等变化情况，可以通过 Particles（点历史追踪）来实现。定义 Particles 的步骤如下：

（1）选择欲分析的后处理变量。右击进程树内的工件 WorkPiece，在弹出的菜单中依次选择 Insert Particles→Sigle Points，定义追踪的点。在弹出的 Definition of Points（点定义）对话框中，选择欲追踪的点，点击 Add this point 添加该点；同样选择其他欲追踪的点，如图 4.26 所示。单击 OK 按钮确定，此时进程树内工件 WorkPiece 下方增加了 Particles 显示（用户也可以选择 Insert Particles→Surface Points，定义追踪工件表面上所有的点）。

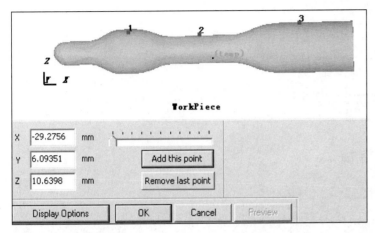

图 4.26　定义追踪的点

　　（2）定义追踪的后处理变量。右击进程树内的 Particles，在弹出的菜单中选择 Select Post Variables，弹出"变量选择"对话框，选择欲追踪的后处理变量，这里分别选择 Temperature、Effective Plastic Strain、Effective Stress，如图 4.27 所示。单击 OK 按钮确定。

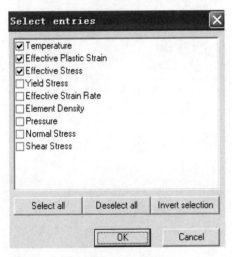

图 4.27　"变量选择"对话框

4.2.8　控制参数设置及运行

　　定义设备运动行程，设定上模压下量采用两点控制模式，即分别指定上下模具表面的一点，当这两个指定点接触时上模停止运动。控制参数设置及运行定义步骤如下：

　　（1）在进程树中选中 UpperDie（上模），单击 工具栏中的透明按钮（Transparent），设置上模显示方式为透明模式。单击 Tools→Define Point，弹出"定义点"对话框，如图 4.28 所示。用鼠标在右侧图形区选中上模模面上的一点。单击"定义点"对话框中的 Add（添加下一点）按钮，在右侧图形区选中下模模面上的一点，再单击 Add 按钮，单击 Close 按钮退出，如图 4.29 所示。

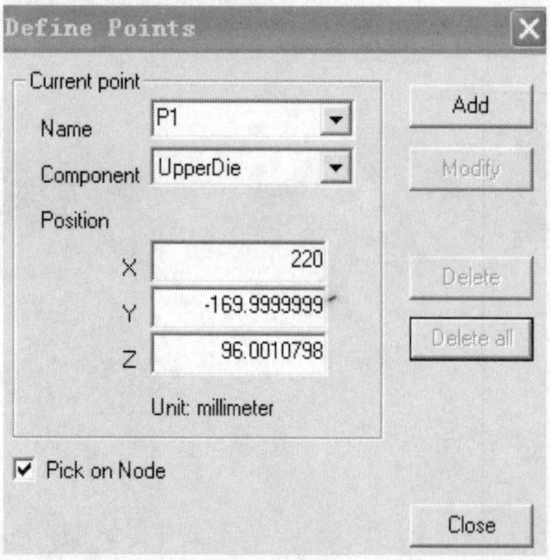

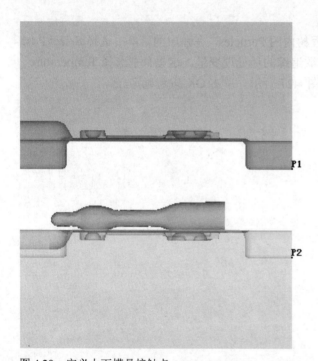

图 4.28 "定义点"对话框

图 4.29 定义上下模具接触点

在进程树中双击 Forming，在弹出的 Forming Control(FV)（成形过程控制，有限体积法）对话框中单击 Stroke 后面的 Specify stroke（如图 4.30 所示），选择上模具控制点（Press's point）为 P1，下模具控制点（Die's point）为 P2，在 Distance at 100% stroke 处输入 2，当压力机达到最大行程时两个控制点之间的距离为 2mm，即上下模之间的距离为 2mm，如图 4.31 所示。单击 OK 按钮确定，返回"成形过程控制"对话框，此时可以单击 Animation（模拟）按钮查看模具运动是否正确，确认无误后单击 Apply 按钮应用。单击菜单（Menu）中的 Element Size，可以调整坯料在通过体积法计算时单元的边长，这里设定单元边长为 5mm，如图 4.32 所示。单击 OK 按钮确定。

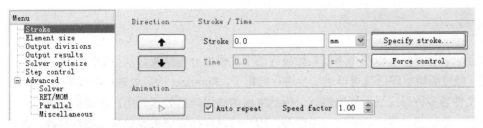

图 4.30 成形过程控制

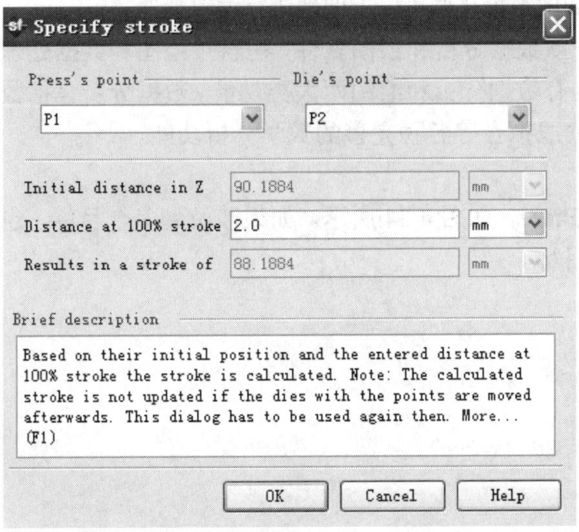

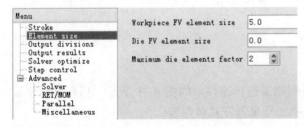

图 4.31 设置控制点

图 4.32 设定单元边长

（2）单击"保存"按钮，在弹出的对话框中将"保存名称"修改为 WithFlashFv3D，单击"保存"按钮（必须保存在英文路径下）退出。

（3）单击"运行"按钮，在弹出的对话框中单击 Yes 按钮开始计算，如图 4.33 所示。

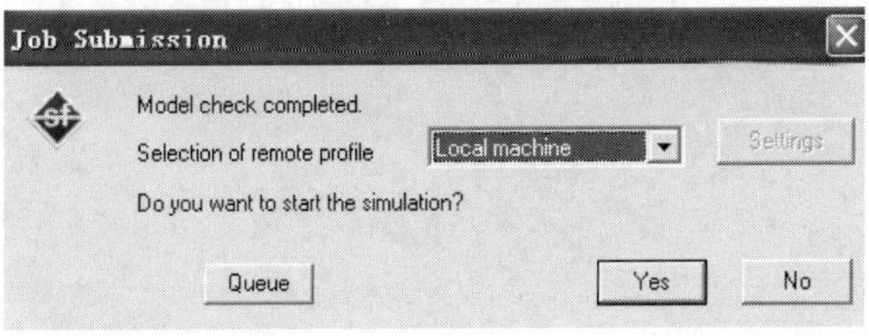

图 4.33 提交计算

4.2.9 模拟结果分析

通过有限元求解计算，可以获得不同初始条件的工件模拟分析结果。从后处理文件中提取出所需要的数据，经过编辑整理后就可以进一步进行分析了。Simufact 的后处理功能以图形、动画、电影、表格和文件等多种形式显示程序进行分析后生成的结果。后处理时用户需要指明进行后处理显示的物理量，如位移、应力、应变、温度等。用户可以根据需要来确定显示哪些参数、如何显示。后处理时要把握住分析问题的实质，结合实验结果进行分析验证。后处理中的数据处理通常还需要和其他软件结合，如 Origin，这样生成的数据文件可以方便地进行编辑整理。

注：Origin 是美国 Microcal 公司推出的一款数据分析和绘图软件，在科技绘图和数据处理方面能满足大部分科技工作者的需求，主要具有数据分析和绘图两大类功能。数据分析包括数据的排序、调整、计算、统计、频谱变换、曲线拟合等各种完善的数学分析功能。

（1）等效塑性应变。

鼠标左键单击进程树窗口里的工件 WorkPiece，如图 4.34 所示。如果涉及到多个目标，也可以按住 Ctrl 键通过鼠标左键连续选择多个目标。

Processes
Process
Press1
UpperDie
UpperDie
Friction1
DieTemperature1
LowerDie
LowerDie
Friction1
DieTemperature1
WorkPiece
Billet
DB.DIN_1.7131 (T=20-1100C)
WPTemperature1
Particles
SurfacePoints1
Ambient Temperature
Forming
Result

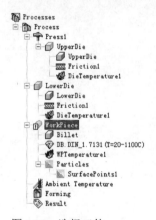

图 4.34 选择工件

单击结果工具栏中的按钮，打开后处理结果选择窗口，如图 4.35 所示。后处理结果采用分组显示，可以通过单击树型结构图左侧的加号来展开具体内容。

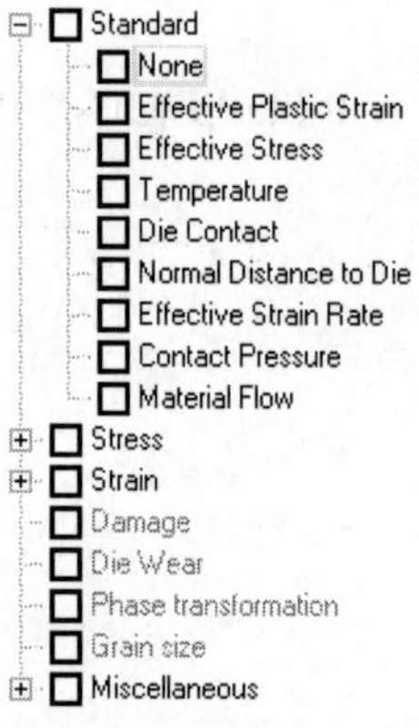

Standard
None
Effective Plastic Strain
Effective Stress
Temperature
Die Contact
Normal Distance to Die
Effective Strain Rate
Contact Pressure
Material Flow
Stress
Strain
Damage
Die Wear
Phase transformation
Grain size
Miscellaneous

图 4.35 后处理选择窗口

在后处理结果选择窗口中通过鼠标左键选取等效塑性应变（Effective Plastic Strain）前面的复选框，如图 4.36 所示。

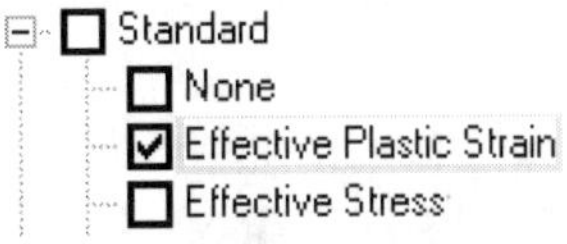

图 4.36　选取等效塑性应变

为了显示模拟最后一步的变形结果，可以在结果工具栏的下拉菜单里选取 100% (forming)，如图 4.37 所示。

图 4.37　变形结果显示

鼠标左键单击后处理结果工具栏中的"结果显示"按钮，在图形显示区显示工件变形最终状态的等效塑性应变模拟结果，如图 4.38 所示。可以通过开关（流线显示）与（平滑与实体显示模式）按钮调整图像的显示状态。

图 4.38　等效塑性应变模拟结果

（2）历史追踪。

右击进程树内的 Particles，在弹出的菜单中选择 Particle Tracking，调出历史追踪窗口，如图 4.39 所示。

将历史追踪窗口最小化，鼠标左键选取图形显示区中连杆上欲追踪的点，可以选择多个点，然后再将历史追踪窗口最大化显示。此时可以看到连杆上欲追踪的点变量历史变化，如图 4.40 所示。用户可以分别选择 X 轴与 Y 轴上的变量进行追踪，也可以将追踪到的历史数据通过按钮导出数据（数据格式为 csv 格式）。将数据输出文件命名为 char4，保存在指定的目录中，打开 char4.csv 文件，可以使用 Excel 的数据分列功能分别选出待分析的数据，用户可以根据需要选择连杆坯料上点的变形过程历史数据进行进一步分析与处理。用户也可以启动 Origin 软件，将待分析的数据复制粘贴到 Origin 的数据表中，生成各种曲线。

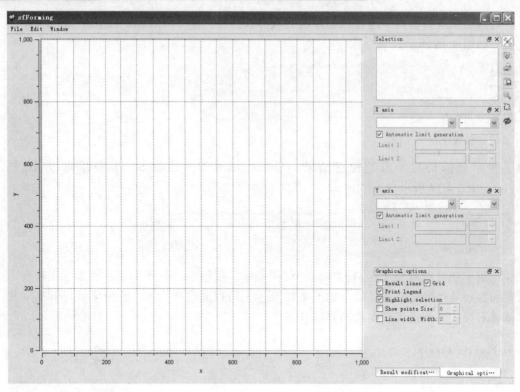

图 4.39　历史追踪窗口

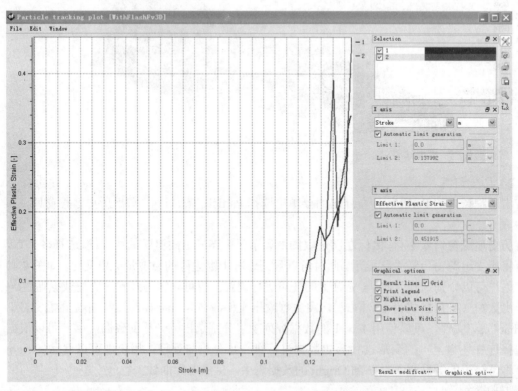

图 4.40　工件点变量历史变化

（3）等效应力分布变化。

鼠标左键单击后处理结果工具栏中的"结果显示"按钮 ，在图形显示区显示工件变形过程中的等效应力变化模拟结果，如图 4.41 所示。

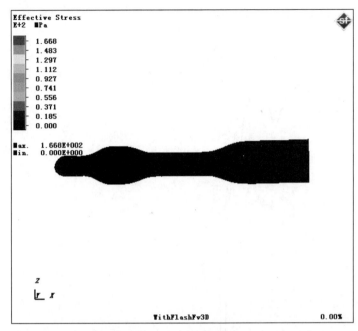

图 4.41 等效应力变化模拟结果（初始状态）

单击 Play 按钮开始动画显示工件变形过程中的等效应力变化模拟结果，如图 4.42 所示。

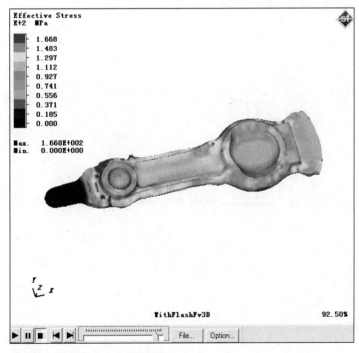

图 4.42 等效应力变化模拟结果

（4）模具受力分析。

选择进程树窗口设备下的模具 Upperdie，单击后处理结果工具栏中的"历史追踪"按钮📊，打开模具受力历史追踪窗口，选择 Selection 里面的相应模具，可以看到工件变形过程中模具受力情况变化，如图 4.43 所示。可以通过"结果输出"按钮📷将工件变形过程中模具受力的具体数据输出。

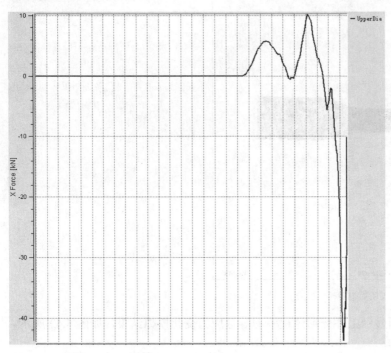

图 4.43　上模具受力历史追踪

5

闭式模锻模拟

5.1 引言

闭式模锻即无飞边模锻。主要优点是：锻件的几何形状、尺寸精度和表面品质最大限度地接近产品，省去了飞边。与开式模锻相比，可以大大提高金属材料的利用率。采用闭式模锻工艺过程的必要条件是：

（1）坯料体积准确。

（2）坯料形状合理并且能够在模膛内准确定位。

（3）设备的打击能量或打击力可以控制。

（4）设备上有顶出装置。

闭式模锻变形过程可以分为三个变形阶段：基本成形阶段、充满阶段、形成纵向飞刺阶段。

（1）基本成形阶段：由开始变形至金属基本充满型腔，此阶段变形结束后继续变形时变形抗力将急剧增高。金属在此阶段变形流动为镦锻成形（整体或局部）和挤压成形。

（2）充满阶段：此阶段开始时，坯料端面的锥形区和坯料中心区域都已处于三向等压应力状态。坯料的变形区位于未充满处附近的两个刚性区之间，也处于差值较小的三向不等压应力状态，并且随着变形过程的进行逐渐减小，最后消失。

（3）形成纵向飞刺阶段：此时坯料基本成为不变形的刚性体，只有在极大的变形力作用下或在足够的打击能量作用下，才能使端部表面层的金属流动形成纵向飞刺。

以往的锻造工艺和模具设计大多采用实验和类比的传统方法，效率很低。随着数值模拟理论的成熟和计算机技术的飞速发展，采用数值模拟技术进行锻压成形分析，在尽可能少或无需物理实验的情况下获得成形中的金属流动规律、应力场、应变场等信息，并据此设计工艺和模具，已经成为一种通用的设计方法。

本例中闭式模锻设备采用液压机。液压机闭式模锻一般不产生飞刺，在合理选用设备吨位的条件下，当变形力急剧增大达到设备工作压力时，变形过程即自行停止。因此，可以靠变形力的反映保证变形过程在产生飞刺之前结束。

5.2　闭式模锻实例分析

5.2.1　创建新的工艺仿真

打开 Simufact.forming 软件。可以通过以下三种方式创建新的工艺仿真：

（1）在软件界面中单击 File→New Project 命令。

（2）按快捷键 Ctrl+N。

（3）单击"新建"按钮。

对于闭式模锻进程，需要在"进程属性"对话框里选择 Bulk Forming 类型里的 Forming without flash，如图 5.1 所示，进程属性相关参数设置如下：

锻造类型 Forging：Hot。

模拟类别 Simulation：3D。

求解器 Suggested Solver：FV（有限体积法求解器）。

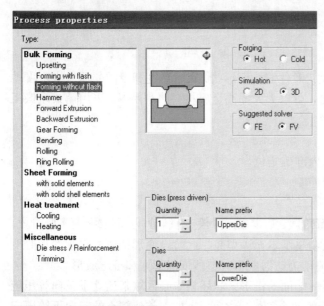

图 5.1　"进程属性"对话框

单击 OK 按钮确认，弹出进程树对话框，系统默认进程名称 Processes 为 WithoutFlashFv3D，用户也可以根据需要自行修改进程名称，如图 5.2 所示。

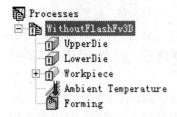

图 5.2　进程树对话框

5.2.2 导入几何模型

Simufact 可以通过两种方式导入几何模型：一种方式为通过文件导入模型（From file），支持的几何模型格式包括 STL、BDF、DAT、ARC、T16、WRL 和 DXF；另一种方式为通过 CAD 导入模型（CAD import），支持的几何模型格式包括 IGES、STEP、Proe、Catia、Ug、SolidWorks 等默认格式文件。这里采用通过文件导入模型方式，操作说明如下：

（1）单击 Insert 按钮或者在对象储备区右击，选择 Model→From file。

（2）在弹出的"打开"对话框中按住 Ctrl 键分别选择要导入的模型文件：上模（UpperDie.stl）、下模（LowerDie.stl）和坯料（wk.stl），单位（Unit）选择 mm，单击"打开"按钮，如图 5.3 所示。

图 5.3 "打开"对话框

（3）使用鼠标左键分别选择（按住不放）对象储备区中的 lowerdie、upperdie 和 wk，拖到左侧进程树 LowerDie、UpperDie 和 WorkPiece 下方。完成后，会在右侧图形显示区看到导入的模型，如图 5.4 所示。

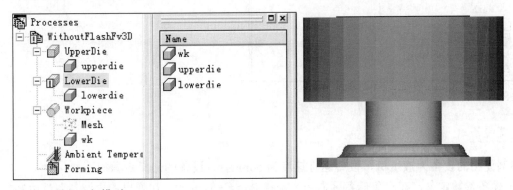

图 5.4 导入几何模型

5.2.3　定义材料

模具材料的定义：如果不定义模具材料，软件默认设置为 H13 模具钢。

坯料材料的定义步骤如下：

（1）在对象储备区右击，选择 Material→Library。

（2）在弹出的"插入材料库方案"对话框中选择材料类型为 Steel（钢），材料牌号选择 Din_1.3505(T=20-1200C)，如图 5.5 所示。单击 Load 按钮将所选加载到对象储备区，单击 Close 按钮关闭对话框。

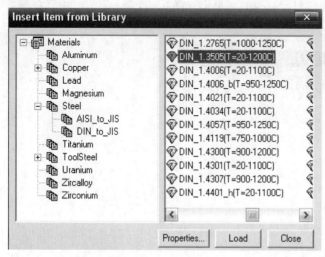

图 5.5　插入材料库方案

（3）在对象储备区使用鼠标左键把材料 DB.Din_1.3505(T=20-1200C)拖到进程树 WorkPiece 下方，完成坯料材料定义，如图 5.6 所示。

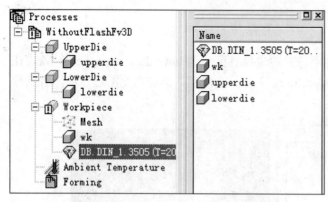

图 5.6　定义坯料材料

5.2.4　定义设备

本案例使用的设备为液压机，设备运行速度为 50mm/s。设备的定义步骤如下：

（1）设备参数定义。在对象储备区右击，选择 Press→Manual，在弹出的"设备"对话框中选择压力机类型（Press Type）为 Hydraulic Press（液压机），设定液压机运行速度（Velocity）为 50，单位为 mm/sec，如图 5.7 所示。

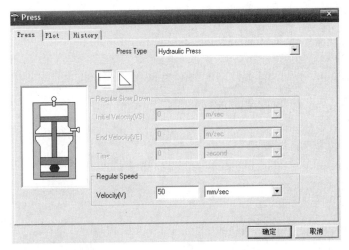

图 5.7　设备参数定义

（2）设备定义。单击"确定"按钮将设备添加到对象储备区。修改设备名称为 PressV50，在对象储备区用鼠标左键将设备拖到进程树 WithoutFlashFv3D 下方，在进程树中使用鼠标左键选中 UpperDie 并将其拖到设备 PressV50 下方，如图 5.8 所示。

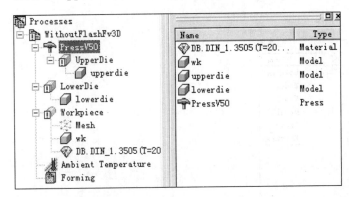

图 5.8　完成设备定义

5.2.5　定义摩擦

摩擦的定义步骤如下：

（1）摩擦属性定义。在对象储备区右击，选择 Friction→Manual，在弹出的"摩擦定义"对话框中选择 Type of Friction（摩擦类型）为 Plastic Shear Friction（剪切摩擦模型），设定界面摩擦系数为 0.4，如图 5.9 所示。

（2）模具摩擦定义。单击 OK 按钮确定，将摩擦添加到对象储备区。修改摩擦名称为 Friction0.4，在对象储备区用鼠标左键将摩擦 Friction0.4 拖到进程树 UpperDie（上模）和 LowerDie（下模）下方，完成摩擦定义，如图 5.10 所示。

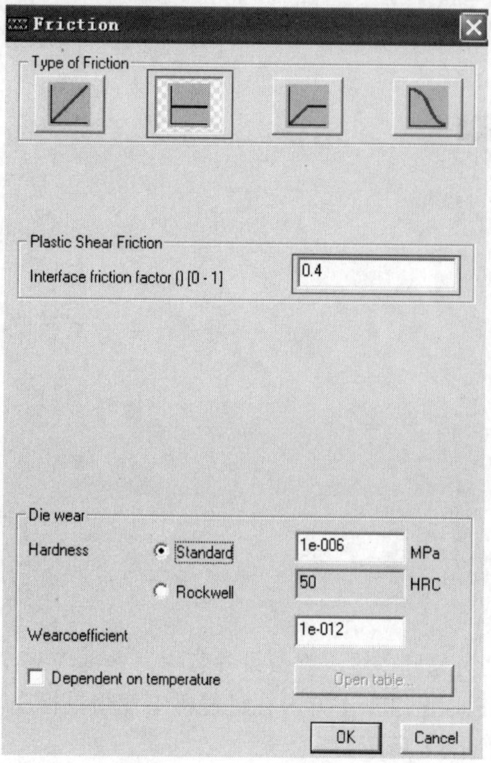

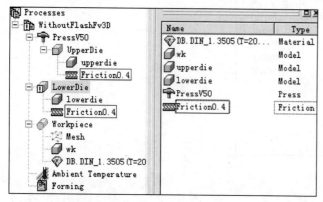

图 5.9　定义摩擦

图 5.10　定义模具摩擦

5.2.6　定义温度

本案例中模具温度为 170℃，坯料初始温度为 1100℃，环境温度为 30℃。

温度的定义步骤如下：

（1）模具温度定义。在对象储备区右击，选择 Heat→Die→Manual，在弹出的模具温度定义对话框中设定模具的初始温度（Initial Die Temperature）为 170℃，单位类型选择 Celsius，如图 5.11 所示。单击 OK 按钮确定，将温度添加到对象储备区，并将其名称修改为 DieT170。

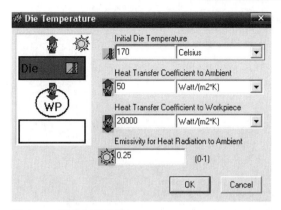

图 5.11　模具温度定义

（2）坯料温度定义。在对象储备区右击，选择 Heat→WorkPiece→Manual，在弹出的"工件温度定义"对话框中设定坯料的初始温度（Initial WorkPiece Temperature）为 1100℃，单位类型选择 Celsius，如图 5.12 所示。单击 OK 按钮确定，将坯料温度添加到对象储备区，并修改其名称为 WPT1100。

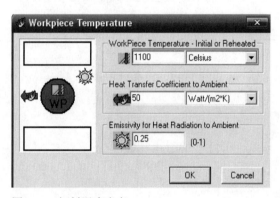

图 5.12　坯料温度定义

（3）施加模具与坯料温度。使用鼠标左键将对象储备区模具温度定义 DieT170 分别拖到进程树 UpperDie 和 LowerDie 下方，完成上模与下模温度定义；再将坯料温度 WPT1100 拖到进程树 WorkPiece 下方，完成坯料温度定义，如图 5.13 所示。

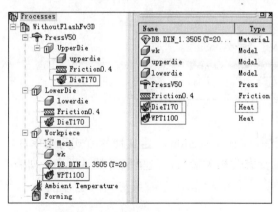

图 5.13　模具与坯料温度定义

（4）环境温度定义。使用鼠标左键双击进程树中的 Ambient Temperature，定义环境温度为 30℃，单位类型选择 Celsius，如图 5.14 所示。单击 OK 按钮确定。

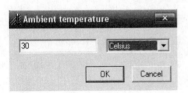

图 5.14　定义环境温度

5.2.7　插入流线

在模锻中经常需要查看锻后零件的流线分布情况，插入流线的步骤如下：

（1）切面定义。右击进程树内的工件 WorkPiece，在弹出的菜单中选择 Insert Flowlines →Planes 插入平面流线。在弹出的 Cut Planes Definition（切面定义）对话框中选择切面定义为与 Y 方向垂直的平面；使用鼠标左键移动 Reference plane（参考面）上的小滑块或者在右侧的文本框中通过键盘输入 50 并回车，设定插入流线位于坯料的中间截面上，如图 5.15 所示。

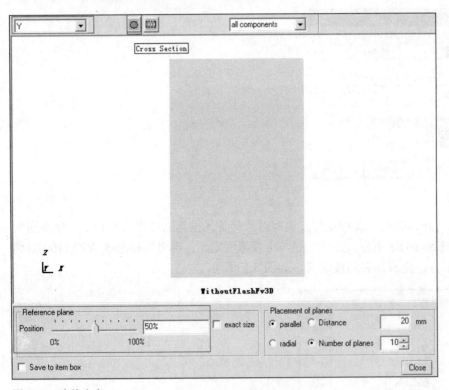

图 5.15　流线定义

（2）切面格栅点定义。单击截面上方的小圆 （Cross Section），定义切片方式为切单片。在弹出的切面格栅点定义对话框中可以查看流线及修改相关参数，这里保持默认即可，如图 5.16 所示。单击 OK 按钮确定。

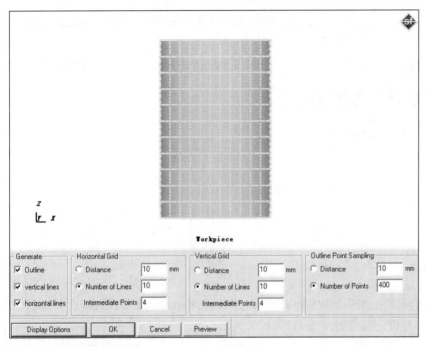

图 5.16 切面格栅点定义

5.2.8 控制参数设置及运行

定义设备运动行程，设定上模压下量为 102mm。控制参数设置及运行的定义步骤如下：

（1）在进程树中双击 Forming，在弹出的 Forming Control(FV)（成形过程控制，有限体积法）对话框中设定输入设备的行程 Stroke 为 102mm，如图 5.17 所示，单击 OK 按钮确定返回。

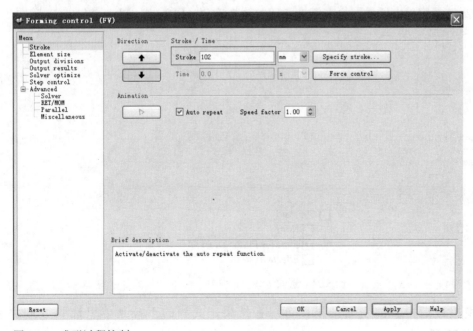

图 5.17 成形过程控制

（2）单击"保存"按钮，在弹出的对话框中将"保存名称"修改为 WithoutFlashFv3D，单击"保存"按钮（必须保存在英文路径下）退出。

（3）单击"运行"按钮![button]，在弹出的对话框中单击 Yes 按钮开始计算，如图 5.18 所示。

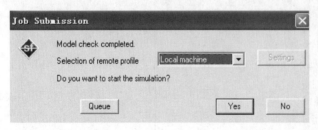

图 5.18 提交计算

5.2.9 模拟结果分析

（1）等效塑性应变。

鼠标左键单击进程树窗口里的工件 Workpiece，如图 5.19 所示。如果涉及到多个目标，也可以按住 Ctrl 键通过鼠标左键连续选择多个目标。

图 5.19 选择工件

单击结果工具栏中的按钮![button]，打开后处理结果选择窗口，如图 5.20 所示。后处理结果采用分组显示，可以通过单击树型结构图左侧的加号展开具体的内容。

在后处理结果选择窗口中通过鼠标左键选取等效塑性应变（Effective Plastic Strain）前面的复选框，如图 5.21 所示。

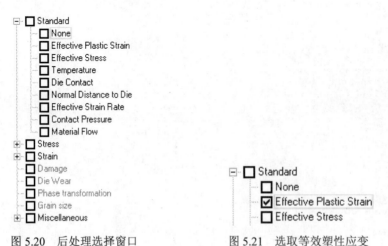

图 5.20 后处理选择窗口   图 5.21 选取等效塑性应变

为了显示模拟最后一步的变形结果，可以在结果工具栏的下拉菜单里选取 100% (forming)，如图 5.22 所示。

图 5.22　变形结果显示

　　鼠标左键单击后处理结果工具栏中的"结果显示"按钮，在图形显示区显示工件变形最终状态的等效塑性应变模拟结果，如图 5.23 所示。

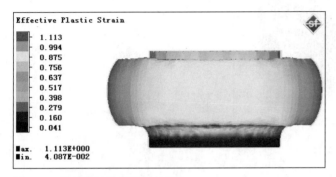

图 5.23　等效塑性应变模拟结果

　　（2）剖面处理。

　　右击图形显示区窗口，选择弹出菜单中的 Active cutting 激活剖面处理功能，如图 5.24 所示。可以通过平移、旋转、缩放按钮对工件进行操作。

　　设置剪切面位置为工件沿 X 方向 50%处，显示工件中心处等效塑性应变状态，如图 5.25 所示。

　　右击图形显示区窗口，选择弹出菜单中的 Active cutting 关闭活剖面处理功能。

　　（3）温度分布变化。

　　鼠标左键单击后处理结果工具栏中的"结果显示"按钮，在图形显示区显示工件变形过程中的温度分布变化模拟结果，如图 5.26 所示。

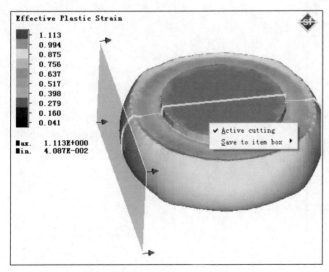

图 5.24　激活剖面处理功能

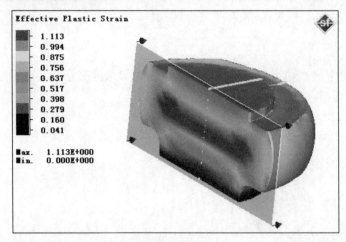

图 5.25　工件中心处等效塑性应变状态

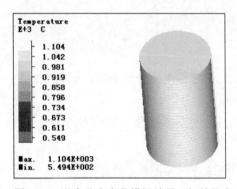

图 5.26　温度分布变化模拟结果（初始状态）

单击 Play 按钮开始动画显示工件变形过程中的温度分布变化模拟结果，如图 5.27 所示。

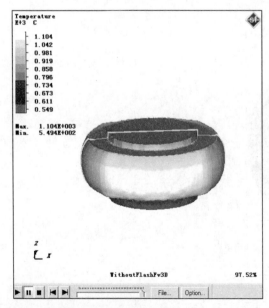

图 5.27　温度分布变化模拟结果

（4）模具受力分析。

选择进程树窗口设备下的模具 upperdie，单击后处理结果工具栏中的"历史追踪"按钮，打开模具受力历史追踪窗口，选择 Selection 里面的所有模具，可以看到工件变形过程中模具受力情况变化，如图 5.28 所示。可以通过"结果输出"按钮将工件变形过程中模具受力的具体数据输出。

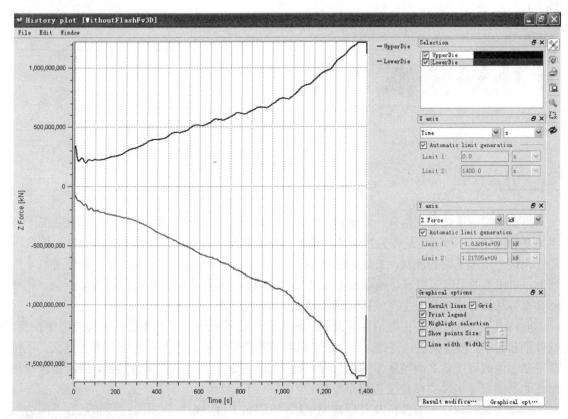

图 5.28　模具受力历史追踪

6

开坯锻模拟

6.1 引言

将金属锭锻压加工成具有一定规格和性能的坯料的生产过程多数采用自由锻。冶金工厂锻坯主要有两种：一种锻坯是作为冶金工厂的产品供给机械工业等部门的，如轴等；另一种锻坯是作为进一步加工用的坯料，如高速钢开坯等。开坯锻造可以加工变形抗力大、塑性差、导热性低、热加工的温度范围窄、难以或无法轧制的合金钢、高合金钢、有色金属及其合金。此外还具有多品种、小批量、生产安排灵活等优点。

同铸造毛坯相比，自由锻消除了缩孔、缩松、气孔等缺陷，使毛坯具有更高的力学性能。锻件形状简单，操作灵活。因此，它在重型机器及重要零件的制造上有特别重要的意义。坯料在平砧上面或者工具之间经逐步的局部变形而完成。由于工具与坯料部分接触，故所需设备功率比生产同尺寸锻件的模锻设备要小很多。

合金钢钢锭内存在着偏析及其他铸态组织，锻造加工可以根据原料的种类和尺寸不同选用合适的锻压规范和锻造比，使钢锭内的空洞焊合和组织致密；采用不定向的变形，有助于消除偏析等缺陷。例如高速钢钢锭中有莱氏体共晶的铸态组织，这种组织硬而脆，经合理的锻压加工，可以将莱氏体中的碳化物逐步破碎而均匀分布，改善了材料的力学性能。开坯锻造时，加热温度不宜过高，以免晶界氧化和碳化物偏聚，导致局部熔化而开裂。终锻温度不能过低，以免产生锻造裂纹。

在开坯锻过程中，采用有限元模拟技术可以直观地描述金属变形过程中的流动状态，还能定量地计算出金属变形区的应力、应变和温度分布状态等，这些模拟结果对模锻工艺的制定具有一定的指导意义。

6.2 开坯锻实例分析

6.2.1 创建新的工艺仿真

打开 Simufact.forming 软件。可以通过以下三种方式创建新的工艺仿真：

（1）在软件界面中单击 File→New Project 命令。

（2）按快捷键 Ctrl+N。

（3）单击"新建"按钮 。

对于开坯锻进程，需要在"进程属性"对话框里选择 Bulk Forming 类型里的 Upsetting（镦粗），如图 6.1 所示，进程属性相关参数设置如下：

锻造类型 Forging：Hot。

模拟类别 Simulation：3D。

求解器 Suggested Solver：FE（有限元法求解器）。

当选择完工艺类型后，系统将自动定义相关参数。本实例需要用到 4 个模具，因此这里选择上下砧的数量分别为 2 个。

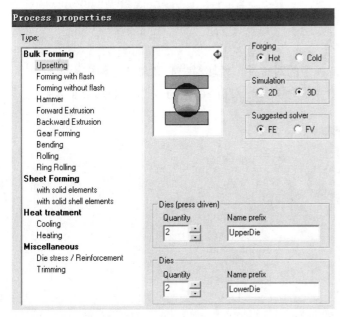

图 6.1 "进程属性"对话框

单击 OK 按钮确认，弹出进程树对话框，系统默认进程名称 Processes 为 UpsettingFe3D，用户也可以根据需要自行修改进程名称，如图 6.2 所示。

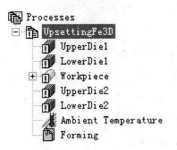

图 6.2 进程树对话框

将模具名称修改为易于理解的对应名称，便于后期使用。这里修改模具名称分别为

UpperDie（位于 Y 轴正方向的上砧）、LowerDie（位于 Y 轴负方向的下砧）、HandUpperDie（位于 Y 轴正方向的夹持手）、HandLowerDie（位于 Y 轴负方向的夹持手），如图 6.3 所示。

图 6.3　重命名后的进程树对话框

6.2.2　导入几何模型

在 CAD 软件中建立模型时，应保证模型的对称性，使坯料中心和总体坐标中心重合，上下砧及夹持手对称分布。如图 6.4 所示，本例仿真为一对机械夹持手夹住坯料进行锻造。

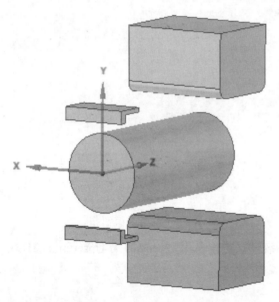

图 6.4　CAD 模型

Simufact 可以通过两种方式导入几何模型：一种方式为通过文件导入模型（From file），支持的几何模型格式包括 STL、BDF、DAT、ARC、T16、WRL 和 DXF；另一种方式为通过 CAD 导入模型（CAD import），支持的几何模型格式包括 IGES、STEP、Proe、Catia、Ug、SolidWorks 等默认格式文件。这里采用通过文件导入模型方式，操作说明如下：

（1）单击 Insert 按钮或者在对象储备区右击，选择 Model→From file。

（2）在弹出的"打开"对话框中，选择要导入的模型文件 CoggeCAD，单位（Unit）选择 mm，单击"打开"按钮，这里选择的是导入整个装配图，当然也可以将装配图中的每一个零部件单独保存后依次导入，如图 6.5 所示。

图 6.5　"打开"对话框

导入后会在对象储备区看到下面的几个零部件，分别修改它们的名称如下：

coggeCAD_1 修改为 Workpiece（工件）。

coggeCAD_5 修改为 UpperDie（位于 Y 轴正方向的上砧）。

coggeCAD_4 修改为 LowerDie（位于 Y 轴负方向的下砧）。

coggeCAD_3 修改为 HandUpperDie（位于 Y 轴正方向的夹持手）。

coggeCAD_2 修改为 HandLowerDie（位于 Y 轴负方向的夹持手）。

修改后的结果如图 6.6 所示。

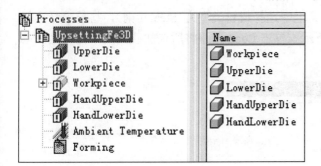

图 6.6　进程树与对象储备区

（3）使用鼠标左键分别选择（按住不放）对象储备区中的 Workpiece、UpperDie、LowerDie、HandUpperDie 和 HandLowerDie，拖到左侧进程树 Workpiece、UpperDie、LowerDie、HandUpperDie 和 HandLowerDie 下方。完成后，会在右侧图形显示区看到导入的模型，如图 6.7 所示。

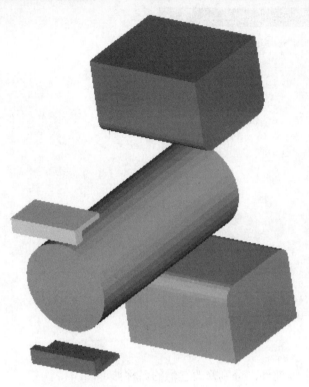

图 6.7   导入几何模型

6.2.3   定义材料

模具材料的定义：如果不定义模具材料，软件默认设置为 H13 模具钢。

坯料材料的定义步骤如下：

（1）在对象储备区右击，选择 Material→Library。

（2）在弹出的"插入材料库方案"对话框中选择材料类型为 Steel（钢），材料牌号选择 Steel—DIN_1.7242(800-1200C)，如图 6.8 所示。单击 Load 按钮将所选加载到对象储备区，单击 Close 按钮关闭对话框。

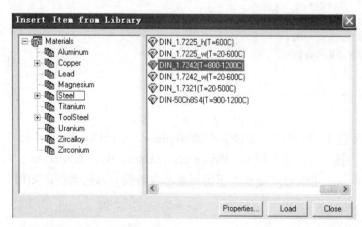

图 6.8   插入材料库方案

（3）在对象储备区使用鼠标左键把材料 Steel—DIN_1.7242(800-1200C)拖到进程树 Workpiece 下方，完成坯料材料定义，如图 6.9 所示。

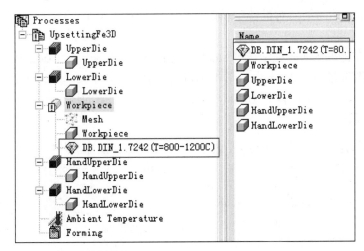

图 6.9　定义坯料材料

6.2.4　定义设备

设备的定义步骤如下：

（1）设备参数定义。在对象储备区右击，选择 Press→Kinematics（运动机构），在弹出的"设备"对话框中选择设备类型为 Cogging（开坯机），单击 OK 按钮确认，弹出 Cogging 设置对话框，如图 6.10 所示。

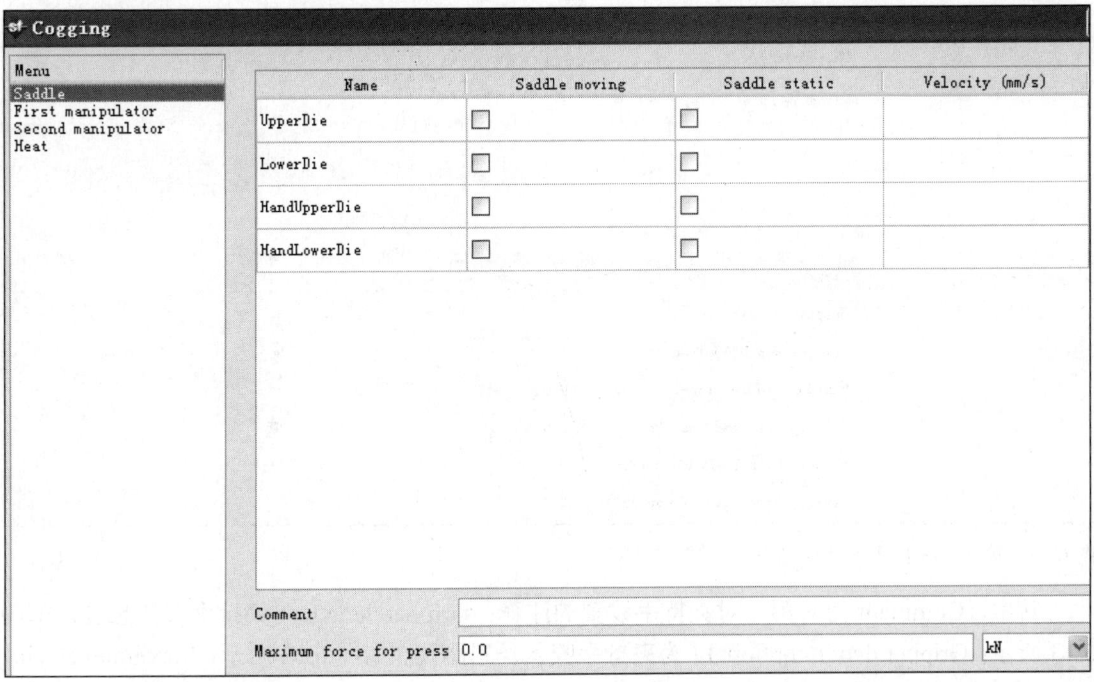

图 6.10　Cogging 设置对话框

其中，saddle 为上砧下砧设置，可以选择进程树中对应的模型作为上下砧，定义上下砧移动及移动速度。First manipulator 为第一对机械手设置，选择进程树中对应的模型作为机械手，设置相关工艺参数。Second manipulator 为第二对机械手设置，Heat 为开坯锻整个过程的详细设置。

首先，在 Cogging 设置对话框左侧的 Menu 栏中选择 saddle，进行上下砧设置。在 Cogging 设置对话框右侧选择 UpperDie 为移动砧（Saddle moving），LowerDie 为固定砧（Saddle static）。在移动砧 UpperDie 最后一栏 Velocity 处双击，输入 10000，设置上砧 UpperDie 的运动速度为 10000mm/s。设置完后如图 6.11 所示。

Name	Saddle moving	Saddle static	Velocity (mm/s)
UpperDie	☑	☐	10000
LowerDie	☐	☑	
HandUpperDie	☐	☐	
HandLowerDie	☐	☐	

图 6.11　上下砧设置

本例采用单边夹持手，只需对第一对夹持手（First manipulator）进行设置。在 Cogging 设置对话框左侧选择 First manipulator，弹出第一对夹持手设置对话框，如图 6.12 所示。

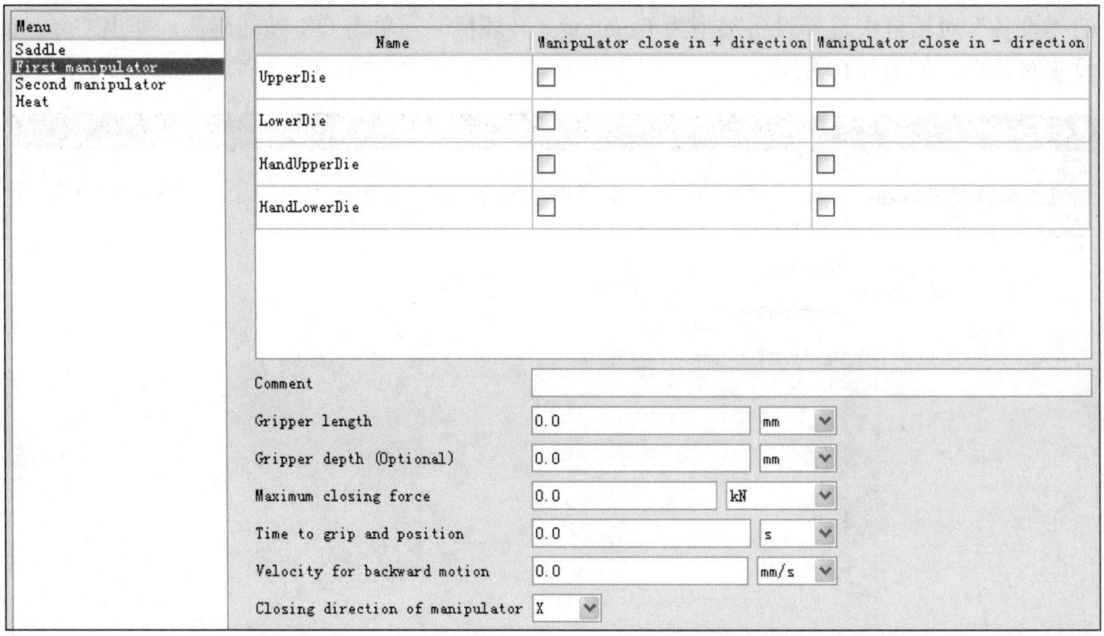

Menu		Name	Manipulator close in + direction	Manipulator close in - direction
Saddle		UpperDie	☐	☐
First manipulator		LowerDie	☐	☐
Second manipulator		HandUpperDie	☐	☐
Heat		HandLowerDie	☐	☐

Comment		
Gripper length	0.0	mm
Gripper depth (Optional)	0.0	mm
Maximum closing force	0.0	kN
Time to grip and position	0.0	s
Velocity for backward motion	0.0	mm/s
Closing direction of manipulator	X	

图 6.12　第一对夹持手设置对话框

其中，Comment 为对第一对夹持手设置的注释；Gripper length 为夹持手夹持长度，如图 6.13 所示；Gripper depth（optional）为夹持手咬入坯料距离，如图 6.13 所示；Maximum closing force 为夹持手闭合最大夹持力；Time to grip and position 为夹持手到达握住坯料位置所需要的时间；Velocity for backward motiom 为夹持手返回速度；Closing direction of manipulator 为选择夹持手闭合方向。

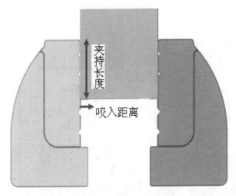

图 6.13　夹持手握住坯料

　　根据夹持手运动方向选择 Y 轴上下两处夹持端（HandUpperDie 与 HandLowerDie），这里 HandUpperDie 夹持手在 Y 轴正向，因此在 Manipulator close in - direction 对应处打钩；HandLowerDie 夹持手在 Y 轴反向，因此在 Manipulator close in + direction 对应处打钩。设置夹持手夹持距离（Gripper length）为 90mm，设置夹持手咬入距离（Gripper depth（optional））为 3mm，设置夹持手最大夹持力（Maximum closing force）为 5kN。设置夹持手咬合方向（Closing direction of manipulator）为 Y 轴，如图 6.14 所示。

Name	Manipulator close in + direction	Manipulator close in - direction
UpperDie	☐	☐
LowerDie	☐	☐
HandUpperDie	☐	☑
HandLowerDie	☑	☐

Comment		
Gripper length	90.0	mm
Gripper depth (Optional)	3.0	mm
Maximum closing force	5.0	kN
Time to grip and position	0.0	s
Velocity for backward motion	0.0	mm/s
Closing direction of manipulator	Y	

图 6.14　第一对夹持手参数设置

在 Cogging 设置对话框左侧的 Menu 栏中选择 Heat，进行传热及开坯锻工艺的详细设定。在 Number of heats 中选择 1，意为第一火。下方菜单由灰色不可用被激活，如图 6.15 所示。

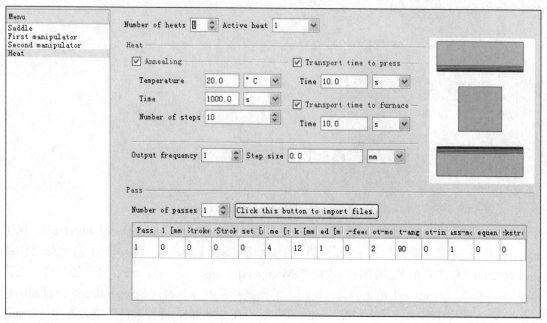

图 6.15　传热及开坯锻工艺的设定

接下来对开坯锻过程的传热以及将坯料从热处理炉中移动到下砧时的相关工艺参数进行设置。在 Temperature 处输入 1090，设置将坯料加热到 1090℃；在 Time 处输入 3600，设置加热时间为 3600s；在 Transport time to press 下面的 time 处输入 50，设置坯料从加热炉转移到压力机上所需要的时间为 50s；在 Transport time to furnace 处输入 10，设置将坯料转移到加热炉所需要的时间为 10s；在 Output frequency 处输入 5，设置传热过程分 5 步保存，如图 6.16 所示。

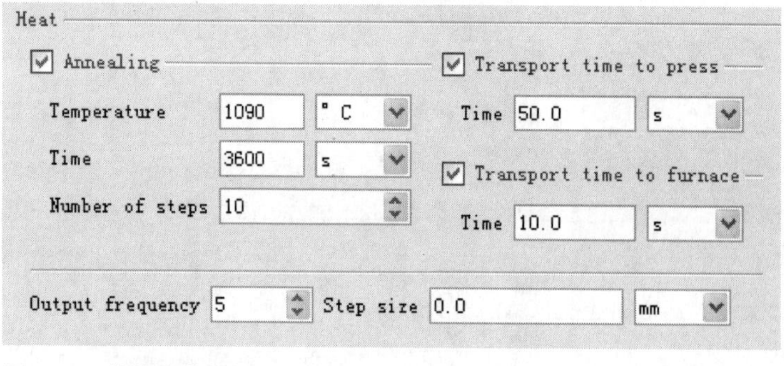

图 6.16　传热参数设置

最后进行各道次打击参数设置。设置各道次打击参数，在 Pass 下方的 Number of passes 处选择 10，意为整个开坯锻过程分为 10 个道次。选择后，将会出现一个表格，即为每道次详细设定表格，如图 6.17 所示。

- H1（mm）：上下砧距离，设置为 340mm，即上下砧头每次打击后距离为 340mm，也就是打完后坯料的高度为 340mm。

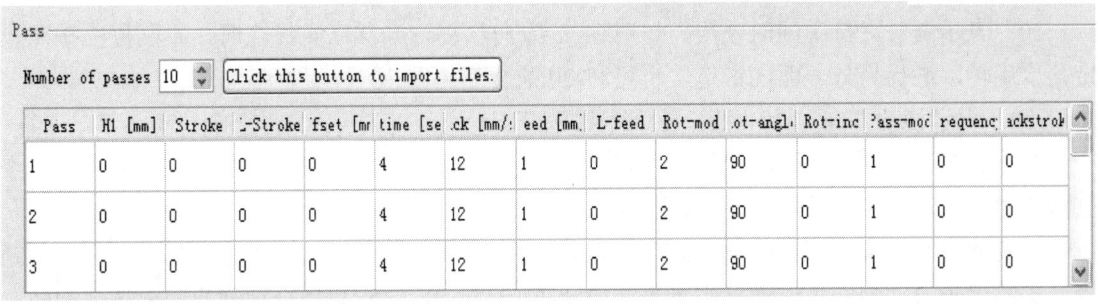

Pass	H1 [mm]	Stroke	?-Stroke	fset [mm	time [se	.ck [mm/	eed [mm	L-feed	Rot-mod	.ot-angl	Rot-inc	Pass-mod	requenc	ackstrok
1	0	0	0	0	4	12	1	0	2	90	0	1	0	0
2	0	0	0	0	4	12	1	0	2	90	0	1	0	0
3	0	0	0	0	4	12	1	0	2	90	0	1	0	0

Number of passes 10　Click this button to import files.

图 6.17　各道次打击参数设置表格

- Feed（mm）：砧头打完一次后坯料向前移动的距离。如下面设置为 330，即砧头每打完一次，坯料往前移动 330mm，然后进行第二次打击。
- Rot-mod：坯料旋转模式。设置为 1，表示砧头打击完一道次后，坯料不旋转；设置为 2，表示砧头打击完一道次后，按照后面 Rot-angle 给出的旋转角度旋转一次，依此类推。
- Pass-mod：坯料移动模式。

0：表示坯料锻造后便留在最后一次锻造的位置，不复位。

1：表示坯料向+Z 方向移动，例如本实例，如果设置为 1，表示坯料往+Z 方向移动进行锻造，第一道次锻完以后，坯料回到原始位置并旋转所设定的角度，然后继续向+Z 方向移动进行第二道次的锻造。

2：表示坯料向-Z 方向移动，原理同 1。

-1：表示坯料不移动，砧头压下一次后坯料原地旋转所设定的角度，接着进行下一道次锻造，通常用于只锻造坯料一端。

10：表示坯料往+Z 方向移动。压完第一道次后，按照设定角度旋转，不回位，接着进行下一道次的锻造。通常和其他搭配使用，例如和-10 配合使用，前面一个道次按照 10 模式不回位旋转后，坯料按照-10 模式往-Z 方向移动进行第二道次的锻造，同样，锻造完成后，不回位并按照规定角度旋转。

-10：表示坯料往-Z 方向移动。可以和其他配合使用或单独使用，如每道次均设置为-10 则表示，砧头压下一次，坯料便按照规定角度旋转一次，接着砧头再次下压，一道次完成；坯料往前送进，砧头下压，坯料旋转，砧头再次下压。如此往复循环进行锻造。

11：表示坯料往+Z 方向移动。可以单独使用或者和其他配合使用，单独使用时，坯料每道次实际分为两个道次，前半个道次压完后，坯料原地旋转所设定的角度，然后反方向移动，继续后半个道次。

-11：表示移动方向与 11 相反，原理同 11。

-12：表示两对夹持手时使用。第一对夹持手夹持住坯料，砧头下压完毕后第二对夹持手夹持坯料，坯料按照所设定的角度旋转，砧头下压。

12 和-21：在当使用两对夹持手进行锻造时使用，12 表示坯料由-Z 向+Z 方向进行锻造，然后第二个夹持手将坯料另一端夹住，锻造第一对夹持手夹持过的部位，然后按照设定角度进行旋转。-21 表示坯料由+Z 向-Z 方向移动。

20：表示两对夹持手同时使用，坯料往-Z 方向移动，当移动到终点时，不回位，按照设定角度旋转，进行另外一面的锻造。也可和-20 配合使用。

-20：表示移动方向与 20 相反，原理同 20。

22：表示两对夹持手同时使用，坯料由+Z 向-Z 方向运动进行锻造。22 和-22 原理与一个夹持手时类似，使用方法与 11、-11 相同。

本实例进行设置如下：Frequency 为打击频率，设置为 1，求解器根据坯料长度、进给距离、夹持手等自动判断每道次打击多少，如图 6.18 所示。注意最后一道次不需要坯料旋转，因此最后一道次的旋转角度设置为 0。设置好后单击 OK 按钮确认。

H1 [mm]	Stroke	L-Stroke	Ifset [mm	time [se	ıck [mm/s	'eed [mm]	L-feed	Rot-mod	Rot-angle	Rot-inc	Pass-mod	'requency
340	0	0	0	3	0	330	0	2	90	0	1	1
340	0	0	0	3	0	330	0	2	90	0	1	1
335	0	0	0	3	0	330	0	2	90	0	1	1
335	0	0	0	3	0	330	0	2	45	0	1	1
330	0	0	0	3	0	330	0	2	90	0	1	1
330	0	0	0	3	0	330	0	2	45	0	1	1
300	0	0	0	3	0	330	0	2	90	0	1	1
300	0	0	0	3	0	330	0	2	90	0	1	1
300	0	0	0	3	0	330	0	2	90	0	1	1
300	0	0	0	3	0	330	0	2	0	0	1	1

图 6.18　各道次打击参数设置

（2）在进程树中双击 Forming，在弹出的 Forming Control(FE)（成形过程控制，有限单元法）对话框中出现如图 6.19 所示的工艺过程相关参数定义对话框，在 Stroke 处输入任意不为 0 的数值，这里输入 600。用户可以根据需要修改相应的参数，这里保持默认设置即可。

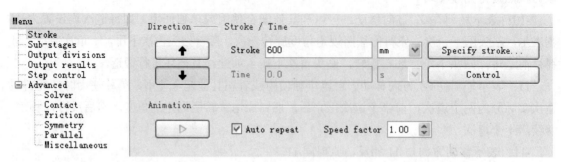

图 6.19　工艺过程相关参数定义对话框

（3）设备定义。在对象储备区用鼠标左键将设备 KiCogging 拖到进程树 UpsettingFe3D 下方；在进程树中使用鼠标左键分别选中 UpperDie（上砧）和 LowerDie（下砧），将其拖到设备 KiCogging 下方，完成设备定义，如图 6.20 所示。

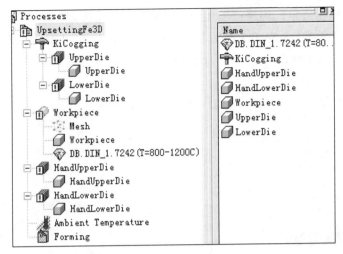

图 6.20 完成设备定义

6.2.5 定义摩擦

摩擦的定义步骤如下:

（1）摩擦属性定义。在对象储备区右击，选择 Friction→Manual，在弹出的摩擦定义对话框中选择 Type of Friction（摩擦类型）为 Plastic Shear Friction（剪切摩擦模型），设定界面摩擦系数为 0.5，如图 6.21 所示。

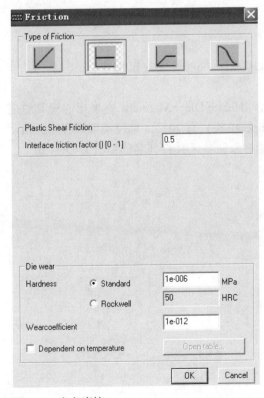

图 6.21 定义摩擦

（2）模具摩擦定义。单击 OK 按钮确定，将摩擦添加到对象储备区。修改摩擦名称为 Friction0.5，在对象储备区用鼠标左键将摩擦 Friction0.5 拖到进程树 UpperDie（上砧）、LowerDie（下砧）、HandUpperDie（上夹持手）与 HandLowerDie（下夹持手）下方，完成摩擦定义，如图 6.22 所示。

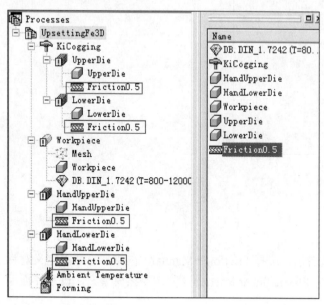

图 6.22　定义模具摩擦

6.2.6　定义温度

本案例中模具温度为 20℃，坯料初始温度为 1100℃，环境温度为 30℃。

温度的定义步骤如下：

（1）模具温度定义。在对象储备区右击，选择 Heat→Die→Manual，在弹出的模具温度定义对话框中设定模具的初始温度（Initial Die Temperature）为 20℃，单位类型选择 Celsius，如图 6.23 所示。单击 OK 按钮确定，将温度添加到对象储备区并将其名称修改为 DieT20。

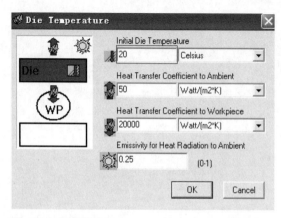

图 6.23　模具温度定义

（2）坯料温度定义。在对象储备区右击，选择 Heat→WorkPiece→Manual，在弹出的工件温度定义对话框中设定坯料的初始温度（Initial WorkPiece Temperature）为 1100℃，单位类型选择 Celsius，如图 6.24 所示。单击 OK 按钮确定，将坯料温度添加到对象储备区并修改其名称为 WPT1100。

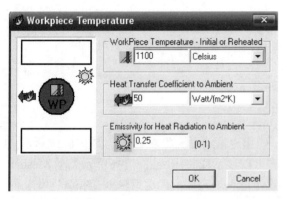

图 6.24　坯料温度定义

（3）施加模具与坯料温度。使用鼠标左键将对象储备区模具温度定义 DieT20 分别拖到进程树 UpperDie（上砧）、LowerDie（下砧）、HandUpperDie（上夹持手）与 HandLowerDie（下夹持手）下方，完成模具温度定义；再将坯料温度 WPT1100 拖到进程树 WorkPiece 下方，完成坯料温度定义，如图 6.25 所示。

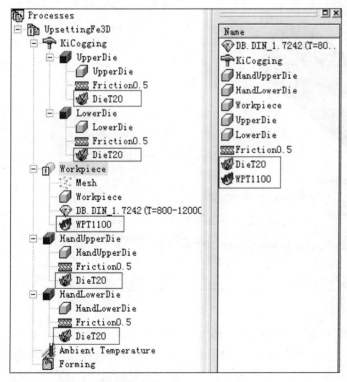

图 6.25　模具与坯料温度定义

（4）环境温度定义。使用鼠标左键双击进程树中的 Ambient Temperature，定义环境温度为 30℃，单位类型选择 Celsius，如图 6.26 所示。单击 OK 按钮确定。

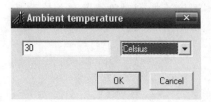

图 6.26　定义环境温度

6.2.7　网格划分

双击进程树中 Workpiece 下方的 Mesh 按钮，弹出"网格划分"对话框，如图 6.27 所示。单击 按钮可以显示或关闭几何模型，单击 按钮可以显示或关闭网格。选择单元类型 Mesher 为四面体单元 Tetrahedral（134），在 Element size 处输入单元大小，这里输入 25mm，单击右上方的"创建新网格" 按钮开始进行自动网格划分。网格划分成功后单击 OK 按钮确认，此时弹出"是否使用初始网格划分进行网格重划分"，单击 OK 按钮确认。

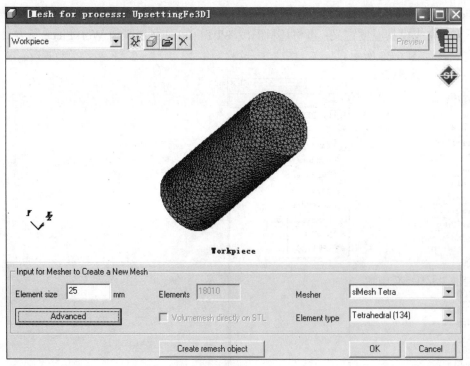

图 6.27　"网格划分"对话框

在左侧进程树中右击 UpsettingFe3D，在弹出的菜单中选择 Insert（插入）→FE contact table（有限单元体接触表），如图 6.28 所示。此表在使用 MARC 有限元求解器时选择使用，当然也可以不定义（在 Forming 菜单中可对接触进行总体定义）。一般在模具较多、接触情况较为复杂以及需要定义 Glued（粘合）的情况下，建议为每个接触对进行单独设置。

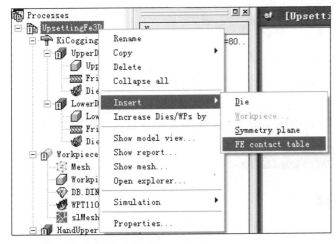

图 6.28 选择有限单元体接触表

接触设置菜单如图 6.29 所示。Direction（方向）一般设置为 Automatic（自动判断）。Contact Type（接触类型）包括 Touching 接触和 Glued 粘合。其他保持默认即可。

首先在左侧 Body 栏里选中 workpiece（坯料），然后在右侧 Has contact with 栏里选择与坯料接触的工具。这里分别设定坯料和上下砧接触类型为直接接触 Touching，接触容差（Contact tolerance）为 0.05，接触偏差（Contact bias factor）为 0.95。设定坯料和两个夹持手接触类型为粘合 Glued，接触容差（Contact tolerance）为 0.06，接触偏差（Contact bias）为 0.85。设置好后单击 OK 按钮确认。

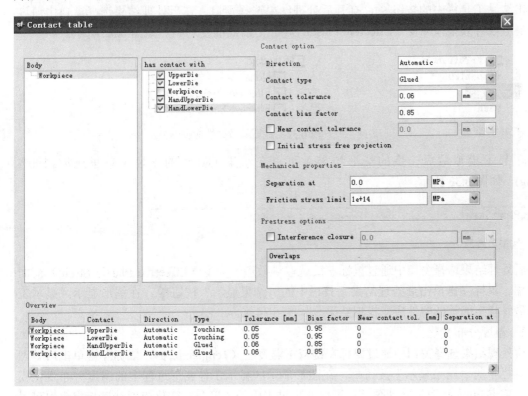

图 6.29 设置接触表

6.2.8　控制参数设置及运行

控制参数设置及运行的定义步骤如下：

（1）单击"保存"按钮 ，在弹出的对话框中将"保存名称"修改为 UpsettingFe3D，单击"保存"按钮（必须保存在英文路径下）退出。

（2）单击"运行"按钮 ，在弹出的对话框中单击 Yes 按钮开始计算，如图 6.30 所示。

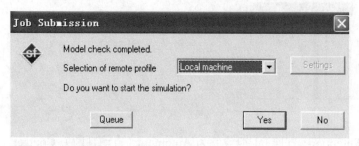

图 6.30　提交计算

6.2.9　模拟结果分析

（1）等效塑性应变。

鼠标左键单击进程树窗口里的工件 Workpiece，如图 6.31 所示。如果涉及到多个目标，也可以按住 Ctrl 键通过鼠标左键连续选择多个目标。

单击结果工具栏中的按钮 ，打开后处理结果选择窗口。在后处理结果选择窗口中通过鼠标左键选取等效塑性应变（Effective Plastic Strain）前面的复选框，如图 6.32 所示。

图 6.31　选择工件　　　　　　　　　图 6.32　选取等效塑性应变

为了显示模拟最后一步的变形结果，可以在结果工具栏的下拉菜单里选取 100%(forming)，如图 6.33 所示。

图 6.33　变形结果显示

在后处理结果选择窗口中通过鼠标左键选取等效塑性应变（Effective Plastic Strain）前面的复选框。鼠标左键单击后处理结果工具栏中的"结果显示"按钮 ，在图形显示区显示工件变形最终状态的等效塑性应变模拟结果，如图 6.34 所示。

（2）温度分布变化。

在后处理结果选择窗口中通过鼠标左键双击温度场（Temperature），鼠标左键单击后处理结果工具栏中的"结果显示"按钮 ，在图形显示区显示工件变形过程中的温度分布变化模拟结果，单击 Play 按钮开始动画显示工件变形过程中的温度分布变化模拟结果，用户也可以通过拖动进度条上的指针观察工件的温度变化，如图 6.35 所示。

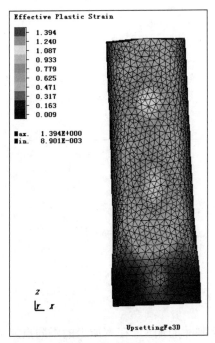

图 6.34　等效塑性应变模拟结果

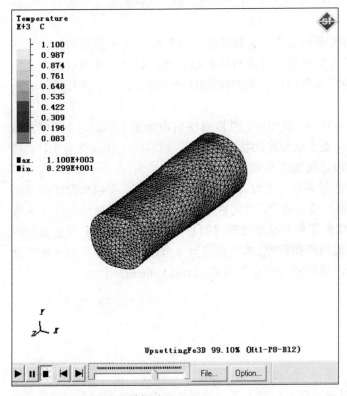

图 6.35　温度分布变化模拟结果

7

挤压损伤模拟

7.1 引言

挤压加工与其他一次塑性加工（制取具有一定断面的长制品的加工）在本质上的不同点就是，它近于在密闭的工具内进行的，变形金属处于三向受压的应力状态，能使金属内部的微小裂纹得以焊合，使杂质的危害程度大大减小，尤其当挤压比较大时，这样的应力状态对于提高金属的塑性是极为有利的。

挤压加工的优点：提高金属材料的变形能力，金属在挤压变形区中处于强烈的三向压应力状态，可以充分发挥其塑性，获得大变形量；提高材料的结合性，制品综合质量高；金属材料与工具的密合性高；挤压加工的产品范围广；生产加工的灵活性大；工艺流程简单、设备投资少。

挤压加工的缺点：制品组织性能不均匀，其组织、性能沿轴向和断面上不均匀；工模具与锭坯接触面的单位压力高，挤压时坯料处于近似密闭状态，挤压工模的工作条件恶劣、工模具耗损大；生产效率低，通常挤压速度远远低于轧制速度。

有限元模拟对于金属挤压成形工艺是强有力的设计、分析和优化工具，可以预测成形期间零件形状的变化、最终应变分布、缺陷形成区域等，并可在零件生产前最大限度地优化工艺参数，所有这些对于成功地成形复杂形状的零件并减少成形时间是至关重要的。因此有必要采用有限元方法对金属挤压成形过程进行数值模拟研究。本章案例为一个二维轴对称冷态正挤压过程中损伤的模拟，挤压速度为 8mm/s，选用的损伤模型为 Cockroft Latham。

7.2 挤压损伤实例分析

7.2.1 创建新的工艺仿真

打开 Simufact.forming 软件。可以通过以下三种方式创建新的工艺仿真：

（1）在软件界面中单击 File→New Project 命令。

（2）按快捷键 Ctrl+N。

（3）单击"新建"按钮 □ 。

对于挤压损伤进程，需要在"进程属性"对话框里选择 Bulk Forming 类型中的 Forward Extrusion（正挤压），如图 7.1 所示，进程属性相关参数设置如下：

锻造类型 Forging：Cold。

模拟类别 Simulation：2D。

求解器 Suggested Solver：FE。

模具 Dies 默认设置。

图 7.1 "进程属性"对话框

单击 OK 按钮确认，弹出进程树对话框，系统默认进程名称 Processes 为 FwdExtFe2D，用户也可以根据需要自行修改进程名称，如图 7.2 所示。

图 7.2 进程树对话框

7.2.2 导入几何模型

Simufact 可以通过两种方式导入几何模型：一种方式为通过文件导入模型（From file），

支持的几何模型格式包括 STL、BDF、DAT、ARC、T16、WRL 和 DXF；另一种方式为通过 CAD 导入模型（CAD import），支持的几何模型格式包括 IGES、STEP、Proe、Catia、Ug、SolidWorks 等默认格式文件。这里采用通过文件导入模型方式，操作说明如下：

（1）单击 Insert 按钮或者在对象储备区右击，选择 Model→From file。

（2）在弹出的"打开"对话框中按住 Ctrl 键分别选择要导入的模型文件：凹模（die）、冲头（punch）和坯料（workpiece），单位（Unit）选择 mm，单击"打开"按钮，如图 7.3 所示。

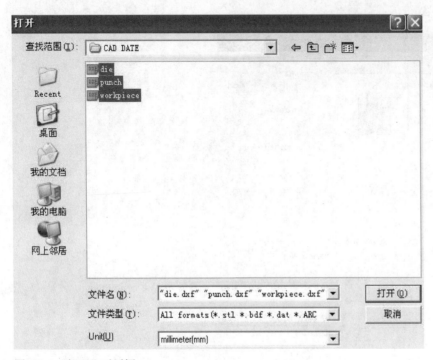

图 7.3　"打开"对话框

（3）在左侧进程树中右击并选择 rename，将 UpperDie 修改为 punch。选择（按住不放）对象储备区中的 punch、die 和 workpiece，分别拖到左侧进程树 punch、LowerDie 和 WorkPiece 下方。完成后，会在右侧图形显示区看到导入的模型，如图 7.4 所示。

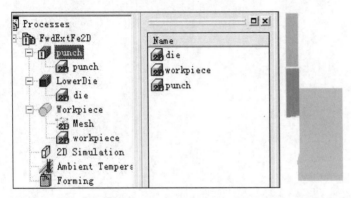

图 7.4　导入几何模型

7.2.3 定义材料

模具材料的定义：如果不定义模具材料，软件默认设置为 H13 模具钢。

坯料材料的定义方法有如下三种：

（1）将本章 CAD 文件夹中的 DBmod.DIN_1.7131.sf 文件拷贝到 Simufact 软件材料数据库目录 Program Files\simufact\forming\10.0\sfForming\ Master Library\Material 下，然后在对象储备区右击并选择 Material→Library，在材料数据库中选择右侧的 DBmod.DIN_1.7131（导入的材料数据），单击 Load 按钮，所选材料将出现在右侧备品区。单击 Close 按钮关闭材料数据库。

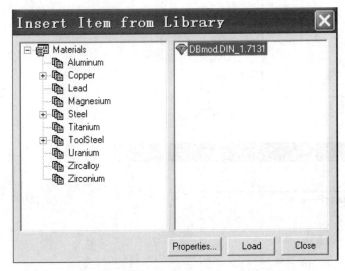

图 7.5　插入材料库

（2）用记事本打开材料数据库中的 DIN_1.7131（T=20-1100C）.sf 文件，并将以下代码粘贴进记事本中，用来设定相关参数。

<Ma>LemaitreCriticalDamage	0.4
<Ma>LemaitreStress	500
<Ma>LemaitreStress@S	2
<Ma>LemaitreResistance	3
<Ma>LemaitreEquivalentStrain	0.2

（3）可以直接 load 相关材料，双击打开材料属性界面，在界面中输入方法（2）中的相关材料损伤参数，单击"确定"按钮即可。

上述三种方法都可以，本章采用方法（1）添加损伤材料，最后在对象储备区使用鼠标左键把材料 DBmod.DIN_1.7131 拖到进程树 Workpiece 下方，完成坯料材料定义，如图 7.6 所示。

7.2.4 定义设备

本案例使用的设备为液压机，设备运行速度为 8mm/s。设备的定义步骤如下：

（1）设备参数定义。在对象储备区右击，选择 Press→Manual，在弹出的设备对话框中选择压力机类型（Press Type）为 Hydraulic Press（液压机），设定液压机运行速度（Velocity）为 8，单位为 mm/sec，如图 7.7 所示。

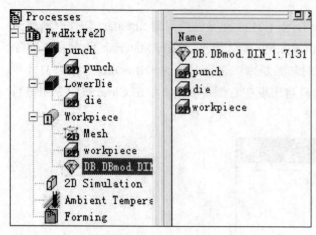

图 7.6　定义坯料材料

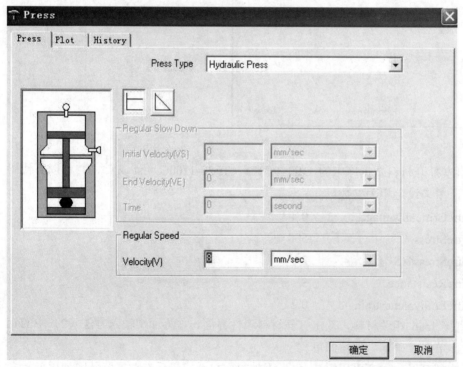

图 7.7　设备参数定义

（2）设备定义。单击"确定"按钮将设备添加到对象储备区。修改设备名称为 PressV8，在对象储备区用鼠标左键将设备拖到进程树 FwdExtFe2D 的下方，在进程树中使用鼠标左键选中 punch 并将其拖到设备 PressV8 下方，如图 7.8 所示。

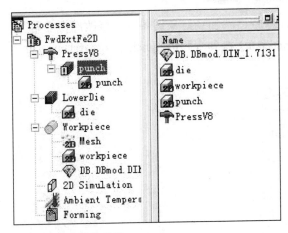

图 7.8　完成设备定义

7.2.5　定义摩擦

本摩擦的定义步骤如下：

（1）摩擦属性定义。在对象储备区右击，选择 Friction→Manual，在弹出的摩擦定义对话框中选择 Type of Friction（摩擦类型）为 Plastic Shear Friction（剪切摩擦模型），设定界面摩擦系数为 0.1，如图 7.9 所示。

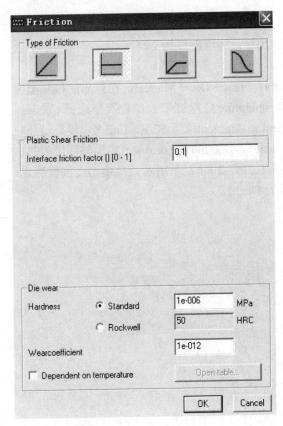

图 7.9　定义摩擦

（2）模具摩擦定义。单击 OK 按钮确定，将摩擦添加到对象储备区。修改摩擦名称为Friction0.1，在对象储备区用鼠标左键将摩擦 Friction0.1 拖到进程树 punch 和 LowerDie 下方，完成模具的摩擦定义，如图 7.10 所示。

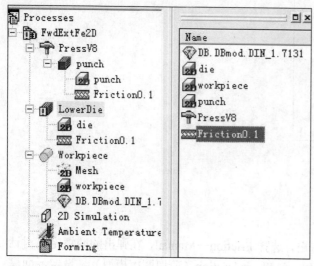

图 7.10　定义模具摩擦

7.2.6　定义温度

本案例中模具温度为 20℃，坯料初始温度为 20℃，环境温度为 20℃。

温度的定义步骤如下：

（1）模具温度定义。在对象储备区右击，选择 Heat→Die→Manual，在弹出的模具温度定义对话框中设定模具的初始温度（Initial Die Temperature）为 20℃，单位类型选择 Celsius，模具与环境的热交换系数（Heat Transfer Coefficient to Ambient）为 50 Watt/m²·K；模具与坯料的热交换系数（Heat Transfer Coefficient to Workpiece）为 20000Watt/m²·K，底板与环境的热扩散率（Emissivity for Heat Radiation to Ambient）为 0.25，如图 7.11 所示。单击 OK 按钮确定，将模具温度添加到对象储备区，并将其名称修改为 Die20。

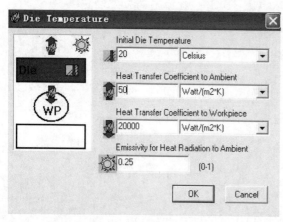

图 7.11　模具温度定义

（2）坯料温度定义。在对象储备区右击，选择 Heat→WorkPiece→Manual，在弹出的工件温度定义对话框中设定坯料的初始温度（Initial WorkPiece Temperature）为 20℃，单位类型选择 Celsius，坯料与环境的热交换系数（Heat Transfer Coefficient to Ambient）为 5000 Watt/m²·K，坯料与环境的热扩散率（Emissivity for Heat Radiation to Ambient）为 0.25，如图 7.12 所示。单击 OK 按钮确定，将坯料温度添加到对象储备区，并修改其名称为 WP20。

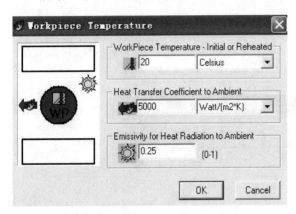

图 7.12　坯料温度定义

（3）施加模具与坯料温度。使用鼠标左键将对象储备区模具温度定义 Die20 分别拖到进程树 punch 和 LowerDie 的下方，完成模具温度定义，再将坯料温度 WP20 拖到进程树 WorkPiece 的下方，完成坯料温度定义，如图 7.13 所示。

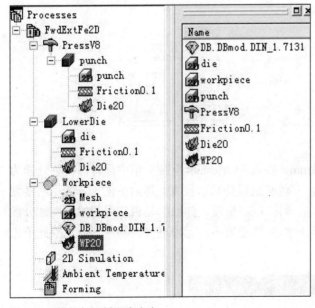

图 7.13　模具与坯料温度定义

（4）环境温度定义。使用鼠标左键双击进程树中的 Ambient Temperature，定义环境温度为 20℃，单位类型选择 Celsius，如图 7.14 所示。单击 OK 按钮确定。

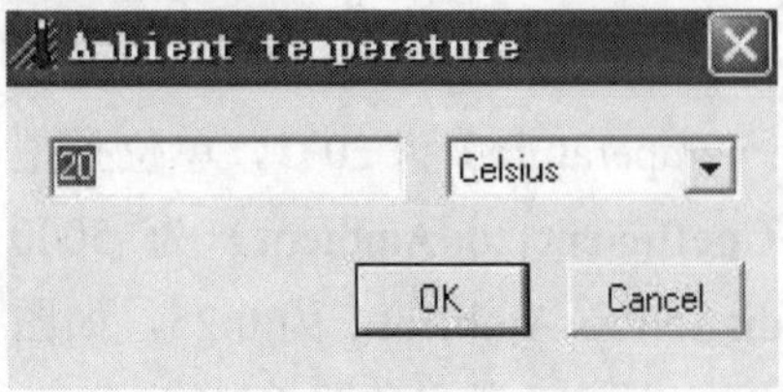

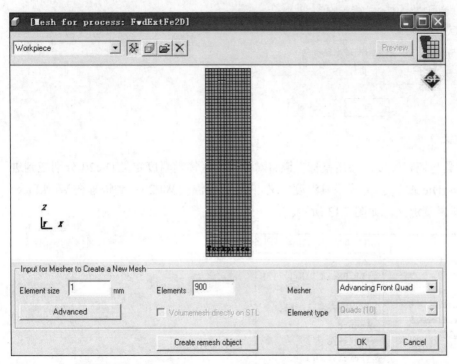

图 7.14　定义环境温度

7.2.7　网格划分

在进程树中左键双击 Mesh，出现网格划分菜单，如图 7.15 所示。

图 7.15　"网格划分"对话框

在 Element size 处输入网格大小为 1mm，在右侧 Mesher 下拉菜单中选择网格划分器为 Advancing Front Quad（高级四边形网格），其他参数保持默认设置。然后单击上方的"网格划分"按钮开始自动划分网格。划分完成后单击 OK 按钮，弹出"是否使用初始网格划分参数进行网格重划分"，由于本次挤压变形时网格的畸变较小，无须进行网格重划分，因此单击"否"按钮，如图 7.16 所示。

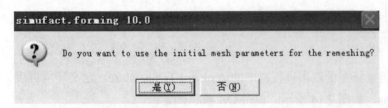

图 7.16　"网格重划分"对话框

7.2.8　旋转轴的定义（2D）

在进程树中左键双击 2D Simulation，出现对称面和中心点的定义对话框，如图 7.17 所示，可以通过 Angle 和 Center 修改旋转的角度和旋转中心。本例不需要修改。

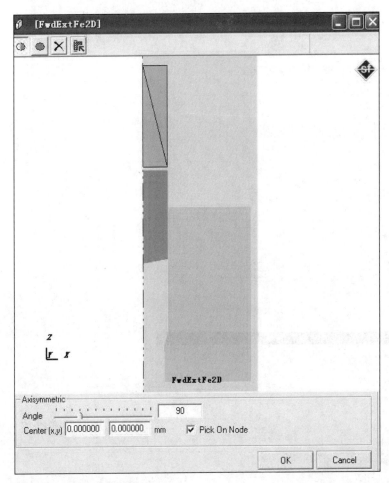

图 7.17　"旋转轴"对话框

7.2.9　控制参数设置及运行

鼠标左键双击进程树 Forming，弹出总工艺控制设置对话框，如图 7.18 所示。左键单击 Output Results，选中右侧的 Damage，并在右侧下拉列表框中选择 Cockroft Latham。

选择 Sub-stages，将选项全部选上，如图 7.19 所示，意思如下：

（1）将坯料自动放置于下模上。

（2）使上模和坯料自动接触。

（3）变形过程。

（4）移除上模。

（5）移除坯料。

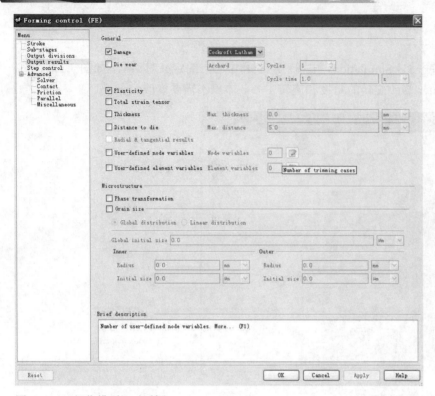

图 7.18 "损伤模型"对话框

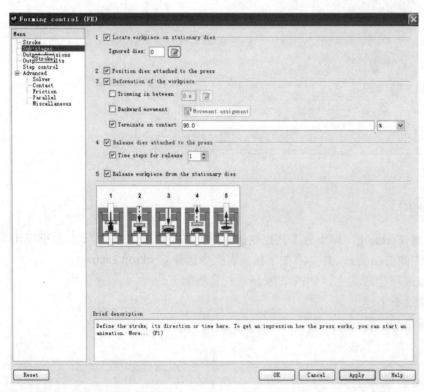

图 7.19 "控制参数"对话框

保持其他参数不变，单击 OK 按钮确定。返回主页面，单击"保存"按钮，在弹出的对话框中将"保存名称"修改为 damage，单击"保存"按钮（必须保存在英文路径下）退出，单击下方运行工具栏中的"运行"按钮，在弹出的对话框中单击 Yes 按钮开始计算，如图 7.20 所示。

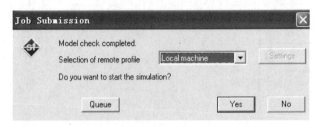

图 7.20　提交计算

7.2.10　模拟结果分析

（1）等效塑性应变。

鼠标左键单击进程树窗口里的工件 Workpiece，如图 7.21 所示。如果涉及到多个目标，也可以按住 Ctrl 键通过鼠标左键连续选择多个目标。

单击结果工具栏中的按钮，打开后处理结果选择窗口，如图 7.22 所示。后处理结果采用分组显示，可以通过单击树型结构图左侧的加号展开具体的内容。

图 7.21　选择工件　　　　图 7.22　后处理选择窗口

在后处理结果选择窗口中通过鼠标左键选取等效塑性应变（Effective Plastic Strain）前面的复选框，如图 7.23 所示。

为了显示模拟最后一步的变形结果，可以在结果工具栏的下拉菜单里选取 100% (forming)，如图 7.24 所示。

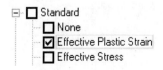

图 7.23　选取等效塑性应变

图 7.24　变形结果显示

鼠标左键单击后处理结果工具栏中的"结果显示"按钮，在图形显示区显示工件变形最终状态的等效塑性应变模拟结果，如图 7.25 所示，也可以单击按钮动态观察工件等效塑性应变的变化过程。

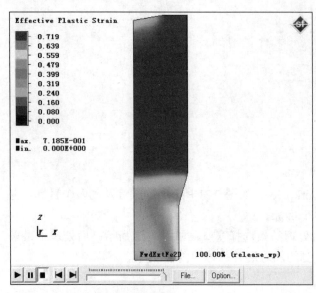

图 7.25　等效塑性应变模拟结果

（2）等效应力。

在后处理结果选择窗口中通过鼠标左键选取等效应力（Effective Stress）前面的复选框，显示挤压成形最后一步的等效应力结果，如图 7.26 所示。

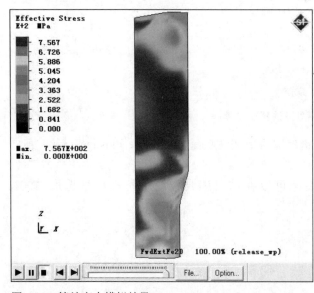

图 7.26　等效应力模拟结果

（3）损伤结果。

在后处理结果选择窗口中通过鼠标左键选取 Damage→Cockroft Lathan，显示挤压成形最后一步的损伤模拟结果，如图 7.27 所示。

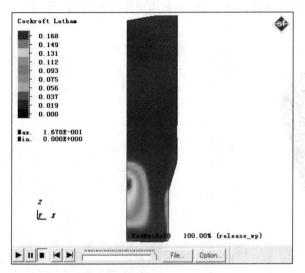

图 7.27 损伤模拟结果

（4）模具受力分析。

选择进程树窗口设备下的模具 upperdie，单击后处理结果工具栏中的"历史追踪"按钮，打开模具受力历史追踪窗口，选择 Selection 里面的所有模具，可以看到工件变形过程中模具受力情况的变化，如图 7.28 所示。可以通过"结果输出"按钮将工件变形过程中模具受力的具体数据输出。

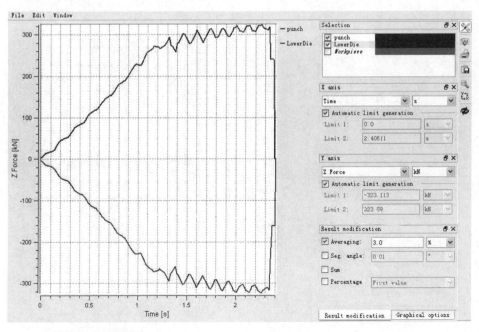

图 7.28 模具受力历史追踪

（5）三维结果。

由于本例是一个二维轴对称模型，前述内容已经定义了旋转轴，因此可以查看三维的模拟结果。单击后处理结果工具栏中的按钮 打开三维模拟结果窗口，通过选择不同的变量（等效应力、等效应变等）来观察其三维结果的变化规律，图 7.29 所示为挤压成形最后一步时工件的等效塑性应变的三维模拟结果。

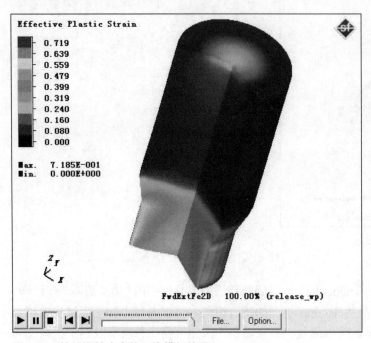

图 7.29　等效塑性应变的三维模拟结果

8

三辊轧管成形模拟

8.1 引言

冷轧管材最具代表性的方法是周期式冷轧管法。根据轧机的结构形式，冷轧管法主要分为二辊式冷轧管法和多辊式冷轧管法。

多辊冷轧管机有 3 个（或 4、5 个）小直径的轧辊参与变形，在轧制过程中孔型表面的速度差与二辊冷轧管机相比相对比较小，可降低 50% 以上（根据轧辊数量不同），因此金属变形均匀，成品管尺寸精度很高，表面粗糙度很好，得到较广泛的应用。

与拉拔相比，冷轧管法具有有利于发挥金属塑性的最佳应力状态图，管坯在一套孔型中的变形量可高达 90% 以上；壁厚压下量与外径减缩率可分别达 71% 和 40%。在生产低塑性难变形合金的薄壁管材时，可以缩短生产流程，提高生产率。

三辊式冷轧管法的工作原理如图 8.1 所示。在一个特殊的辊架 1 中装有 3 个辊子 2，它们相互成 120° 角布置。辊子上带有断面形状不变的轧槽，3 个轧槽合起来构成一个圆孔型。每个辊子以其辊径分别在固定于厚壁筒 3 中各自的滑道 4 上滚动，后者沿其长度上有一特殊的斜面。滑道和辊架用曲柄连杆 7 或曲柄摆杆和杆系 8、9、10 带动作往复直线运动。管坯 5 中插入圆柱形芯棒 6。

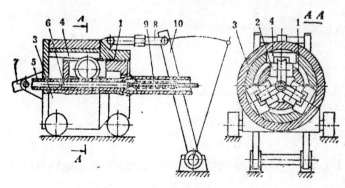

图 8.1 三辊冷轧管过程示意图

本例为三辊轧管成形模拟分析，管坯尺寸为 Φ44×7.5mm，成品管尺寸为 Φ42×7mm，芯棒尺寸为 Φ28mm，旋转速度为 0.588r/s，送进量为 2mm。

8.2　三辊轧管成形实例分析

8.2.1　创建新的工艺仿真

打开 Simufact.forming 软件。可以通过以下三种方式创建新的工艺仿真：

（1）在软件界面中单击 File→New Project 命令。

（2）按快捷键 Ctrl+N。

（3）单击"新建"按钮 ▢。

对于三辊冷轧过程，需要在"进程属性"对话框里选择 Bulk Forming 类型里的 Rolling，表示选择轧制类型。这里系统将自动定义相关参数，如图 8.2 所示。进程属性相关参数设置如下：

Forging：Cold。

Simulation：3D。

Suggested Solver：FE。

Dies：选择 5 个。其中，上模具（设备驱动模具）2 个，下模具（固定模具）3 个。

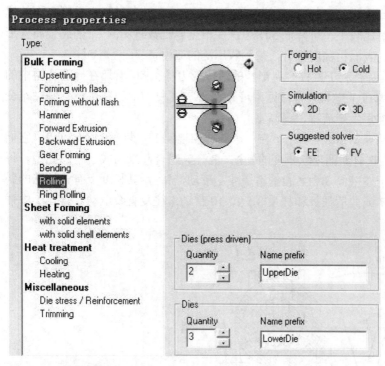

图 8.2　"进程属性"对话框

单击 OK 按钮确认，弹出进程树对话框，系统默认进程名称 Processes 为 RollingFe3D，用户也可以根据需要自行修改进程名称。

8.2.2 导入几何模型

Simufact 可以通过两种方式导入几何模型：一种方式为通过文件导入模型（From file），支持的几何模型格式包括 STL、BDF、DAT、ARC、T16、WRL 和 DXF；另一种方式为通过 CAD 导入模型（CAD import），支持的几何模型格式包括 IGES、STEP、Proe、Catia、Ug、SolidWorks 等默认格式文件。这里采用通过文件导入模型方式，操作说明如下：

（1）单击 Insert 按钮或者在对象储备区右击，选择 Model→From file。

（2）在弹出的"打开"对话框中按住 Ctrl 键分别选择要导入的模型文件：rod（芯棒）、pusher（水平进给推车）、+x（平行于 x 轴的轧辊）、-x+y（位于第二象限的轧辊）、-x-y（位于第三象限的轧辊），单位（Unit）选择 mm，单击"打开"按钮，如图 8.3 所示。

图 8.3 "打开"对话框

（3）在左侧进程树中右击并选择 Rename，分别将 UpperDie1 修改为+x，LowerDie1 修改为-x-y，UpperDie2 修改为 rod，LowerDie2 修改为-x+y，LowerDie3 修改为 push。选择（按住不放）对象储备区中的+x、-x-y、rod、-x+y、push 和 tube，分别拖到左侧进程树+x、-x-y、rod、-x+y、push 和 WorkPiece 的下方。完成后，会在右侧图形显示区看到导入的模型，如图 8.4 所示。

8.2.3 定义材料

模具材料的定义：如果不定义模具材料，软件默认设置为 H13 模具钢。

坯料材料的定义步骤如下：

（1）在对象储备区右击，选择 Material→Library。

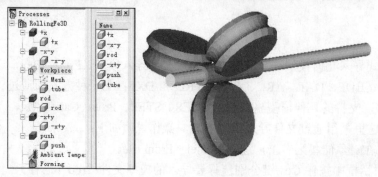

图 8.4 导入几何模型

（2）在弹出的插入材料库方案对话框中选择材料类型为 Steel→AISI_to_JIS→S45C (T=20-300C)，如图 8.5 所示。单击 Load 按钮将所选材料加载到对象储备区，单击 Close 按钮关闭对话框。

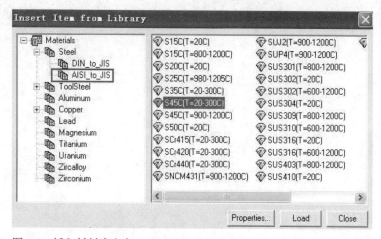

图 8.5 插入材料库方案

（3）在对象储备区使用鼠标左键把材料 DB.S45C (T=20-300C)拖到进程树 WorkPiece 的下方，完成坯料材料定义，如图 8.6 所示。

图 8.6 定义坯料材料

8.2.4 定义摩擦

摩擦的定义步骤如下：

（1）摩擦属性定义。在对象储备区右击，选择 Friction→Manual，在弹出的摩擦定义对话框中选择 Type of Friction（摩擦类型）为 Plastic Shear Friction（剪切摩擦模型），设定界面摩擦系数为 0.3，如图 8.7 所示。

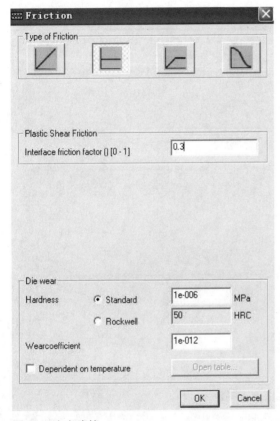

图 8.7 定义摩擦

（2）模具摩擦定义。单击 OK 按钮确定，将摩擦添加到对象储备区。修改摩擦名称为 Friction0.3，在对象储备区用鼠标左键将摩擦 Friction0.3 拖到进程树 5 个模具的下方，完成模具的摩擦定义，如图 8.8 所示。

8.2.5 定义温度

本案例中模具温度为 20℃，坯料初始温度为 20℃，环境温度为 20℃。

温度的定义步骤如下：

（1）模具温度定义。在对象储备区右击，选择 Heat→Die→Manual，在弹出的模具温度定义对话框中设定模具的初始温度（Initial Die Temperature）为 20℃，单位类型选择 Celsius，其他参数默认，如图 8.9 所示。单击 OK 按钮确定，将模具温度添加到对象储备区，并将其名称修改为 Die20。

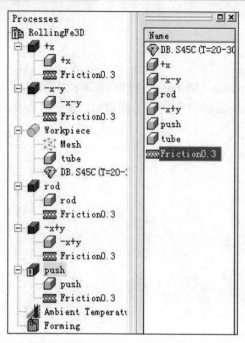

图 8.8　定义模具摩擦

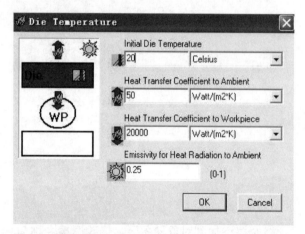

图 8.9　模具温度定义

（2）坯料温度定义。在对象储备区右击，选择 Heat→WorkPiece→Manual，在弹出的工件温度定义对话框中设定坯料的初始温度（Initial WorkPiece Temperature）为 20℃，单位类型选择 Celsius，其他参数默认，如图 8.10 所示。单击 OK 按钮确定，将坯料温度添加到对象储备区，并修改其名称为 WP20。

（3）施加模具与坯料温度。使用鼠标左键将对象储备区模具温度定义 Die20 拖到进程树 5 个模具的下方，完成模具温度定义；再将坯料温度 WP20 拖到进程树 WorkPiece 的下方，完成坯料温度定义，如图 8.11 所示。

（4）环境温度定义。使用鼠标左键双击进程树中的 Ambient Temperature，定义环境温度为 20℃，单位类型选择 Celsius，如图 8.12 所示。单击 OK 按钮确定。

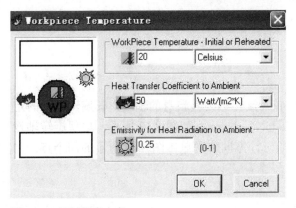

图 8.10 坯料温度定义

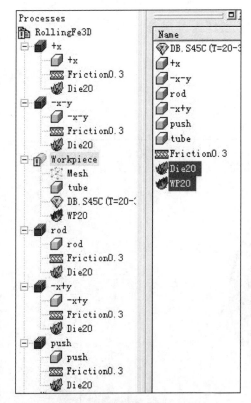

图 8.11 模具与坯料温度定义

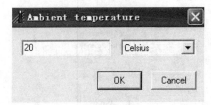

图 8.12 定义环境温度

8.2.6 定义设备

1. 模具旋转方向定义

（1）3 轧辊的旋转运动。

+x 轧辊为绕着 Y 轴负方向顺时针的被动旋转，旋转轴为其自身的轴线，其旋转运动的定义如下：右击进程树轧辊+x 并选择 Rotation axis/local system，如图 8.13 所示，出现旋转轴设置对话框，将+x 调整到合适位置，鼠标左键按顺时针方向依次单击图 8.14 所示的四个点，并单击 OK 按钮，结束芯轴旋转运动的定义。

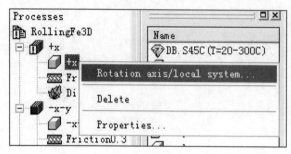

图 8.13 模具运动设置对话框

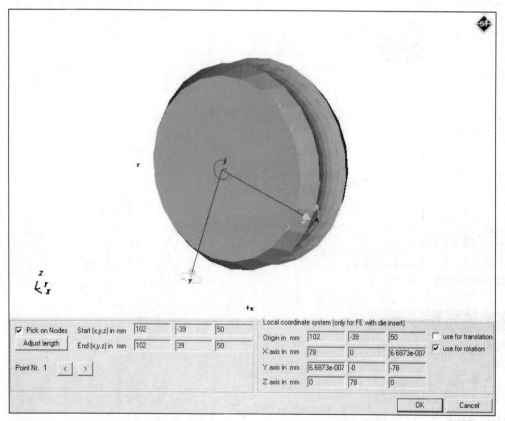

图 8.14 "+x 轧辊旋转轴"对话框

同理，定义-x+y 和-x-y 两个轧辊的旋转运动，如图 8.15 和图 8.16 所示。

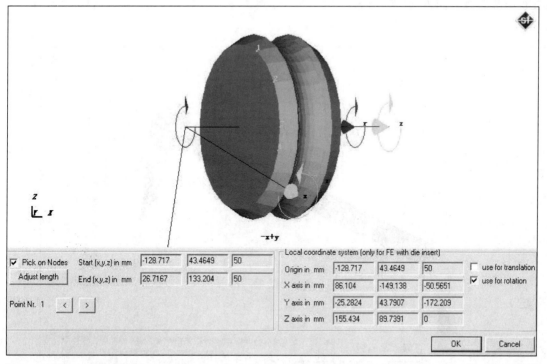

图 8.15 "-x+y 轧辊旋转轴"对话框

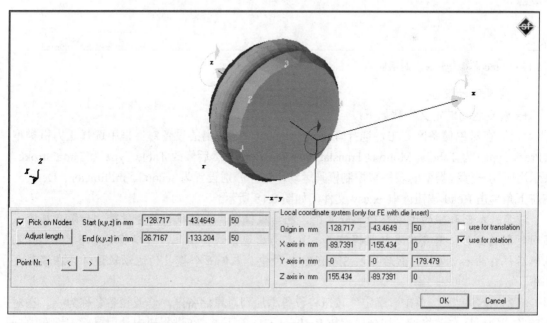

图 8.16 "-x-y 轧辊旋转轴"对话框

（2）芯棒 rod 的旋转运动。

芯棒为绕着 Z 轴正方向顺时针的主动旋转，其旋转运动的定义如下：右击进程树中的芯棒 rod 并选择 Rotation axis/local system，出现旋转轴设置对话框，将 rod 调整到合适位置，鼠标左键按顺时针方向依次单击图 8.17 所示的三个点，并单击 OK 按钮，结束芯棒旋转运动的定义。

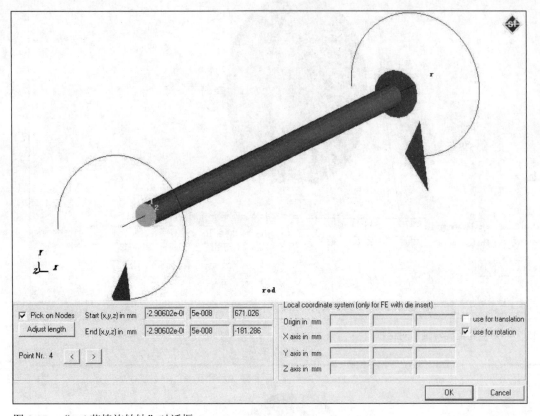

图 8.17 "rod 芯棒旋转轴"对话框

2. 定义驱动设备

+x 轧辊运动的定义步骤如下：

（1）在对象储备区右击，选择 Press→Manual，在弹出的设备对话框中选择压力机类型（Press Type）为 Tabular Motion（Translation &Rotation），然后修改 Table Type 为 Time/Stroke，表示用时间—行程类型的表格来控制模具运动，单位分别设置为 second、millimeter、Degree。在左下角单击 Read 按钮读取+x.csv 文件，如图 8.18 所示。

注意：本例轧辊的运动路径比较复杂，包括减径段、减壁段、精整段等。如果直接输入不同时刻的位移，需要输入的数据较多，且容易出现错误。因此，可以将运动路径用 Excel 编辑后保存为 csv 文件，然后导入 Simufact 软件中。本例五个模具的运动轨迹保存在模型文件中。

（2）设备定义。单击"确定"按钮将设备添加到对象储备区。修改设备名称为+x，在对象储备区用鼠标左键将设备拖到进程树 RollingFe3D 的下方，在进程树中使用鼠标左键选中+x 并将其拖到设备+x 下方，如图 8.19 所示。

同理，添加-x-y、rod、-x+y 和 push，结果如图 8.20 所示。其中，芯棒 rod 为旋转运动，因此其 Table Type 为 Time/Velocity，旋转速度为 rotation/sec。

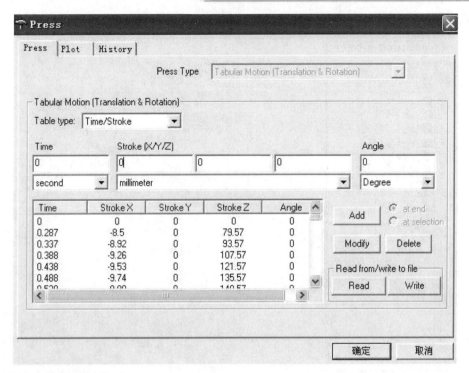

图 8.18 轧辊运动定义

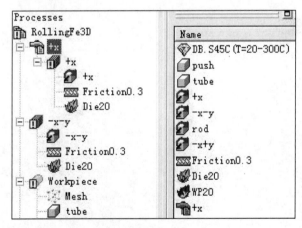

图 8.19 完成+x 轧辊运动定义

3. 模具约束

在对象储备区右击,选择 Die type→Die insert→Manual,在弹出的对话框中修改 Translation 下面的 X、Y、Z 均为 Press,表示轧辊的平移由定义的设备驱动,在 Rotation 下面 X、Y 方向选择 Fixed,取消 Z 方向 Fixed,表示限制 X、Y 方向的旋转,并规定 Z 轴旋转为被动方式,单击 OK 按钮,如图 8.21 所示。

在对象储备区修改 DieInsert 名称为 Z,并将其添加到除了芯棒 rod 之外的其他 4 个模具,结果如图 8.22 所示。

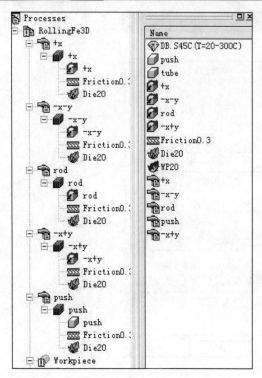

图 8.20　完成模具运动定义

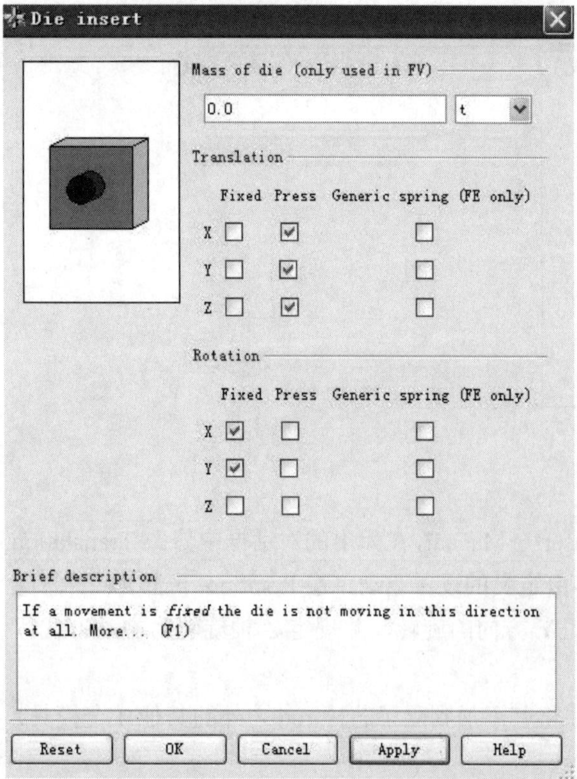

图 8.21　"模具约束"对话框

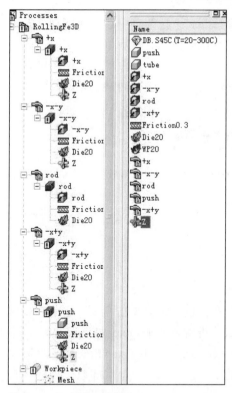

图 8.22　定义模具约束

8.2.7　网格划分

在进程树中左键双击 Mesh，出现网格划分菜单，如图 8.23 所示。

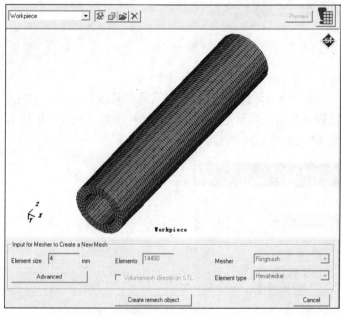

图 8.23　"网格划分"对话框

在 Element size 处输入网格大小为 4mm，在右侧 Mesher 下拉菜单中选择网格划分器为 Ringmesh（用于回转体类坯料的网格划分），其他参数保持默认设置。然后单击上方的"网格划分"按钮 ▦ 开始自动划分网格。划分完成后单击 OK 按钮，弹出"是否使用初始网格划分参数进行网格重划分"，由于三辊轧管成形时网格的畸变较大，需要进行网格重划分，因此单击"是"按钮，如图 8.24 所示。

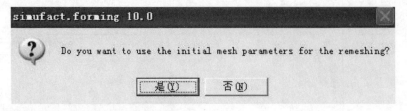

图 8.24　"网格重划分"对话框

8.2.8　控制参数设置及运行

鼠标左键双击进程树 Forming，弹出总工艺控制设置对话框，如图 8.25 所示。这里需要修改 Output Divisions 和 Step control 选项，其他参数保留默认设置。单击 Output Divisions，选中 Equal division，修改 Workpiece/die 为 101；然后单击 Step control，选中 Fixed time steps（固定时间步长）和 Fixed，步骤数设为 50，单击 OK 按钮确定。

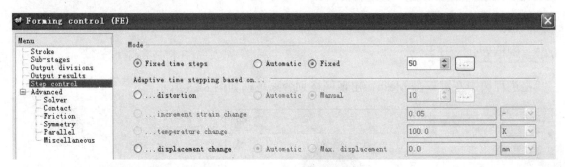

图 8.25　三辊轧管成形计算增量步设置

返回主页面，单击"保存"按钮，在弹出的对话框中将"保存名称"修改为 TubeRolling，单击"保存"按钮（必须保存在英文路径下）退出；单击下方运行工具栏中的"运行"按钮 ▮，在弹出的对话框中单击 Yes 按钮开始计算，如图 8.26 所示。

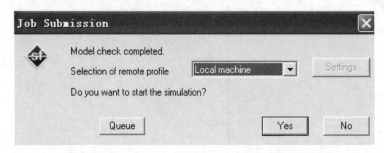

图 8.26　提交计算

8.2.9　模拟结果分析

（1）等效塑性应变。

鼠标左键单击进程树窗口里的工件 Workpiece，如图 8.27 所示。如果涉及到多个目标，也可以按住 Ctrl 键通过鼠标左键连续选择多个目标。

图 8.27　选择工件

单击结果工具栏中的按钮 ，打开后处理结果选择窗口，如图 8.28 所示。后处理结果采用分组显示，可以通过单击树型结构图左侧的加号展开具体的内容。

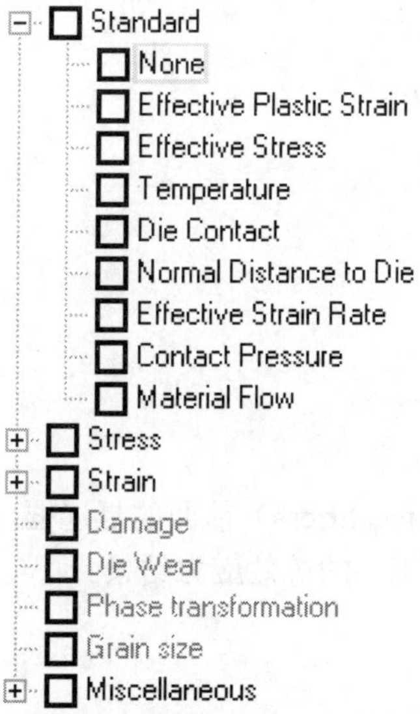

- ☐ Standard
  - ☐ None
  - ☐ Effective Plastic Strain
  - ☐ Effective Stress
  - ☐ Temperature
  - ☐ Die Contact
  - ☐ Normal Distance to Die
  - ☐ Effective Strain Rate
  - ☐ Contact Pressure
  - ☐ Material Flow
- ☐ Stress
- ☐ Strain
- ☐ Damage
- ☐ Die Wear
- ☐ Phase transformation
- ☐ Grain size
- ☐ Miscellaneous

图 8.28　后处理选择窗口

在后处理结果选择窗口中通过鼠标左键选取等效塑性应变（Effective Plastic Strain）前面的复选框，如图 8.29 所示。

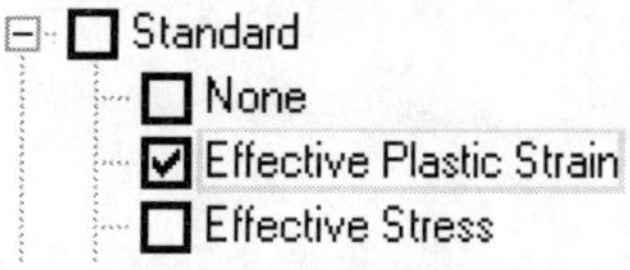

- ☐ Standard
  - ☐ None
  - ☑ Effective Plastic Strain
  - ☐ Effective Stress

图 8.29　选取等效塑性应变

为了显示模拟最后一步的变形结果，可以在结果工具栏的下拉菜单里选取 100% (forming)，如图 8.30 所示。

| Effective Plastic Strain | | ProcessTime % ▼ | 100.00% | ▼ |

图 8.30　变形结果显示

鼠标左键单击后处理结果工具栏中的"结果显示"按钮，在图形显示区显示工件环轧成形最终状态的等效塑性应变模拟结果，如图 8.31 所示，也可以单击 ▶ 按钮动态观察工件等效塑性应变的变化过程。

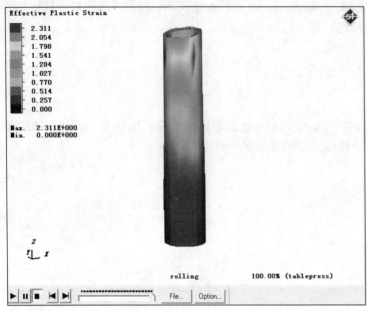

图 8.31　等效塑性应变模拟结果

（2）等效应力。

在后处理结果选择窗口中通过鼠标左键选取等效应力（Effective Stress）前面的复选框，观察分析工件的等效应力变化，图 8.32 所示为三辊轧管最后一步工件的等效应力结果。

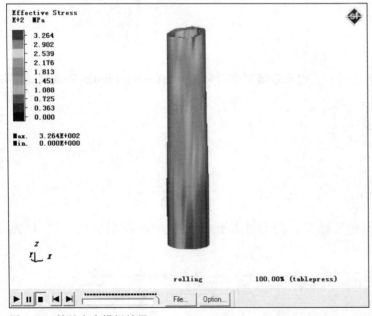

图 8.32　等效应力模拟结果

（3）模具受力分析。

单击后处理结果工具栏中的"历史追踪"按钮 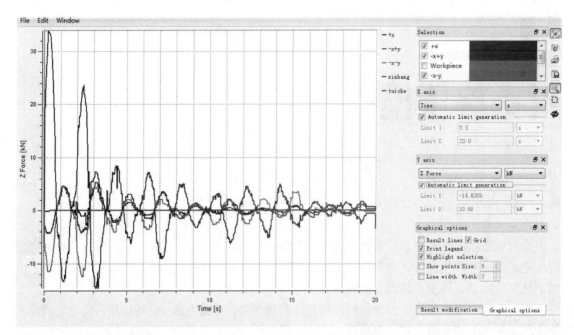，打开模具受力历史追踪窗口，选择 Selection 里面的 5 个模具，可以看到工件变形过程中模具受力情况的变化，如图 8.33 所示。可以通过"结果输出"按钮 将工件变形过程中模具受力的具体数据输出。

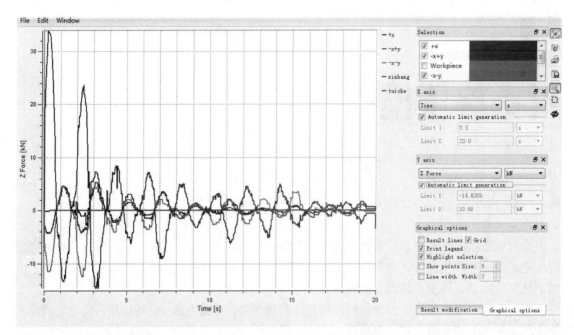

图 8.33　模具受力历史追踪

9

封头旋压模拟

9.1 引言

金属旋压是指毛坯随芯模旋转或旋压工具绕毛坯与芯模旋转时,旋压工具与芯模相对进给而使毛坯受压并产生连续逐点变形工艺,主要用于加工薄壁回转体工件。目前已广泛应用于机械、化工、电器、航空、航天、兵器以及其他许多工业部门。

根据毛坯厚度在成形中的变化情况将旋压分为两类:普通旋压(简称普旋,其毛坯壁厚基本不发生变化)和变薄旋压(也称强力旋压,简称强旋,其毛坯壁厚减薄)。而普旋又进一步分为拉深旋压、扩口旋压和缩口旋压;强旋根据变形机理不同分为筒形件强力旋压(又称流动旋压)和锥形件强力旋压(又称剪切旋压)。由于强力旋压的静水压应力较高,允许采用较大的道次变形量,且可以加工一些难变形材料,如钛合金、高温合金等,其生产效率大大高于普通旋压。

(1)筒形件强力旋压的变形特点及分类。

筒形件强旋是通过缩减管状毛坯壁厚,增加轴向长度的一种旋压方法,是公认的制造大型薄壁筒形件的有效方法之一,其旋压件的尺寸精度不逊于切削加工,而且材料利用率和力学性能都优于机械加工。

根据旋压时材料流动方向和旋轮运动方向的不同,筒形件强力旋压有正旋和反旋两种基本的变形方式。正旋时材料的流动方向与旋轮的运动方向相同,旋压时依靠尾顶的压力传递扭矩,且旋轮的工作行程等于旋压件的长度;反旋时材料的流动方向与旋轮的运动方向相反,旋压时依靠轴向压力传递扭矩,旋轮的工作行程等于毛坯的长度。

(2) 锥形件强力旋压的变形特点及分类。

锥形件变薄旋压又称剪切旋压,适用于锥形、抛物线形、椭球形及各种扩张形件的成形。其特点是材料在变形过程中遵循正弦规律流动,且坯料外径保持不变。按照旋压时金属流动方向的不同,锥形件剪切旋压也可分为正旋压和反旋压两种,正旋压是指金属的流动方向和旋轮的移动方向相同,而反旋压则相反,不过锥形件反旋压因工件尺寸控制较困难而较少采用。

随着有限元技术的发展,基于有限元法的数值模拟技术已经被广泛应用于金属加工的各个领域,成为代替和大幅度减少物理模拟工作的有力工具。同时,有限元法也为旋压变形理论的研究提供了坚实的理论基础，促进旋压变形理论研究的不断深入完善和发展。本案例为标准球形封头旋压案例。成品封头内表面直径为 700mm，壁厚为 3.2mm。所采用的毛坯材料为 5A05（对应 Simufact 材料数据库中的 5056），形状为变壁厚板坯（直径 200 以内壁厚为 3.2，直径 400 为 3.8，直径 500 为 4.5，直径 600 为 5.9，直径 700 为 8，直径 800 为 8，各点采用光滑曲线连接）。采用工装为 R25 普旋旋轮，旋轮轴线与芯模轴线夹角为 75°。

本案例为验证现有工装及工艺参数是否可行。初始制定的相关工艺参数如下：

主轴转速：200r/min。

进给比：1mm/r。

旋压间隙：2.8mm。

9.2　封头旋压实例分析

9.2.1　创建新的工艺仿真

打开 Simufact.forming 软件。可以通过以下三种方式创建新的工艺仿真：

（1）在软件界面中单击 File→New Project 命令。

（2）按快捷键 Ctrl+N。

（3）单击"新建"按钮 □。

对于封头旋压进程，需要在"进程属性"对话框里选择 Sheet Forming 类型里的 with solid elements（实体单元），如图 9.1 所示。

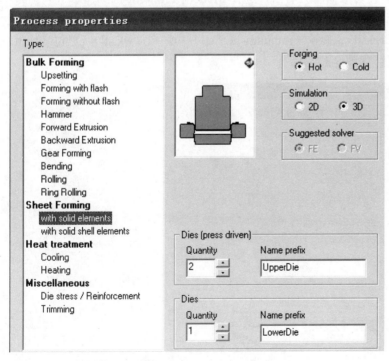

图 9.1　"进程属性"对话框

进程属性相关参数设置如下：

锻造类型 Forging：Hot。

模拟类别 Simulation：3D。

求解器 Suggested Solver：FE。

模具 Dies：选择 3 个。其中，上模具（设备驱动模具）2 个，下模具（固定模具）1 个。

单击 OK 按钮确认，弹出进程树对话框，系统默认进程名称为 SheetSolidFe3D，用户也可以根据需要自行修改进程名称，在需要修改的名称上右击，选择 Rename，将进程树名称修改为 BulkheadFe3D，将进程树中所用模具的名称修改为 fixedplate、mandrel、rotatingwheel，如图 9.2 所示。

图 9.2　进程树对话框

9.2.2　导入几何模型

（1）单击 Insert 按钮或者在对象储备区右击，选择 Model→From file。

（2）在弹出的"打开"对话框中按住 Ctrl 键分别选择要导入的模型文件：固定板（fixedplate.stl）、芯模（mandrel.stl）、旋轮（rotatingwheel.stl）和坯料（wk.stl），单位（Unit）选择 mm，单击"打开"按钮，如图 9.3 所示。

图 9.3　"打开"对话框

（3）使用鼠标左键分别选择（按住不放）对象储备区中的 fixedplate、mandrel、rotatingwheel 和 wk 并拖到左侧进程树 fixedplate、mandrel、rotatingwheel 和 WorkPiece 的下方。完成后，会在右侧图形显示区看到导入的模型，如图 9.4 所示。

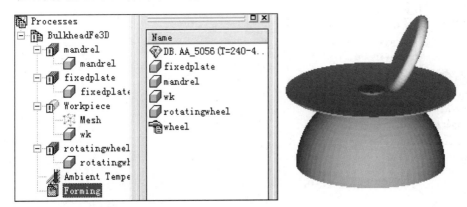

图 9.4　导入几何模型

9.2.3　定义材料

模具材料的定义：如果不定义模具材料，软件默认设置为 H13 模具钢。

坯料材料的定义步骤如下：

（1）在对象储备区右击，选择 Material→Library。

（2）在弹出的插入材料库方案对话框中选择材料类型为 Aluminum（铝），材料牌号选择 AA_5056(T=240-480C)，如图 9.5 所示。单击 Load 按钮将所选加载到对象储备区，单击 Close 按钮关闭对话框。

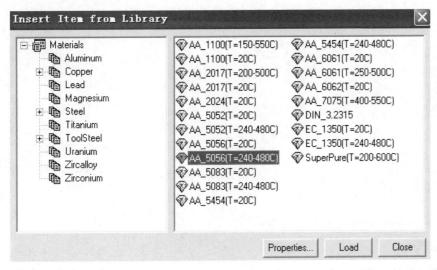

图 9.5　插入材料

（3）在对象储备区使用鼠标左键把材料 DB.AA_5056(T=240-480C)拖到进程树 WorkPiece 的下方，完成坯料材料定义，如图 9.6 所示。

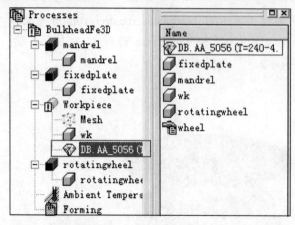

图 9.6　定义坯料材料

9.2.4　定义设备

本案例中，需要定义两个设备运动。

（1）旋轮的运动：旋轮运动为沿着芯模沿一定路径运动，由于和坯料接触而发生被动旋转。

（2）芯模和固定板的运动：固定板的作用为带动坯料旋转，芯模主动旋转。芯模和固定板的转速为 200rot/min。这里使用的设备为自定义设备。

1. 旋轮运动定义

为加工出厚度为 3.2mm、直径为 700mm 的标准球形封头，旋轮的运动轨迹应该为一段圆弧，如图 9.7 所示。

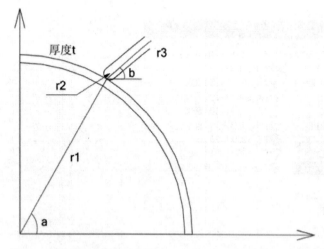

图 9.7　旋轮运动轨迹示意图

图 9.7 中各参数的解释及数值大小为：

a=0.1498°～75.1498°（每隔 1°取点，解析计算旋轮位移）

r1=350mm（芯模半径）

r2=25mm（旋轮成形面半径）

r3=165mm（旋轮半径）

t=3.2mm（坯料厚度）

b=25°（旋轮成形角）

（1）旋轮轨迹较为复杂，采用时间－位移表来对其运动进行设置，首先结合 Excel 进行数据处理，在 Excel 中计算出旋轮中心点的理论轨迹（centerpoint. Xlsx）。公式如下：

$$X = (r1 + t + r2) \times \cos\left(\frac{a}{180} \times 3.14\right) + r3 \times SIN\left(\frac{b}{180} \times 3.14\right)$$

$$Y = (r1 + t + r2) \times SIN\left(\frac{a}{180} \times 3.14\right) + r3 \times COS\left(\frac{b}{180} \times 3.14\right) - 350$$

（2）利用上一步计算的旋轮中心点坐标计算出旋轮的位移量（wheeldis. Xlsx）。

在 Excel 中编辑数据，格式如图 9.8 所示，然后另存为 csv 文件格式。

	时间(s)	X方向平动	Y方向平动	Z方向平动	旋转
1	0	0	0	0	0
2	3.79351	0	3	-12.6324	0
3	4.31925	0	6.36089	-14.3831	0
4	4.8782	0	12.6903	-16.2444	0
5	5.47024	0	18.9862	-18.2159	0
6	6.09517	0	25.2468	-20.2969	0
7	6.75276	0	31.4702	-22.4867	0

图 9.8　旋轮位移 Excel 格式

（3）在备品区右击，选择 Press→Manual，在弹出的对话框中选择 Tabular motion（Translation & Rotation，自定义平动和旋转）对旋轮的运动进行定义，选择 Table type（表格类型）为 Time/Stroke（时间/行程），单位为 mm，单击下方的 Read 按钮读取之前另存的旋轮位移文件 wheeldis.csv。单击"确定"按钮完成定义。修改旋轮运动定义名称为 wheel。

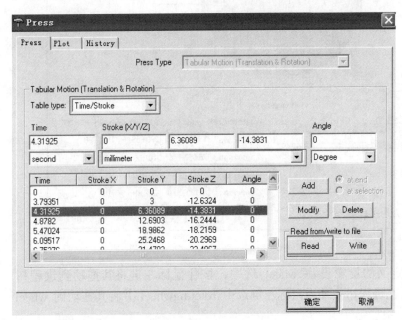

图 9.9　旋轮设备定义

（4）旋轮被动旋转轴的定义，在进程树 rotatingwheel 上右击并选择 Rotation axis/local system，如图 9.10 所示。

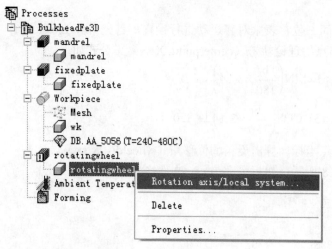

图 9.10　旋轮旋转轴定义

（5）在右侧弹出的界面中使用鼠标左键在旋轮上表面逆时针方向拾取三个点，最后在上表面任意处拾取一个点，单击 OK 按钮确定，如图 9.11 所示。

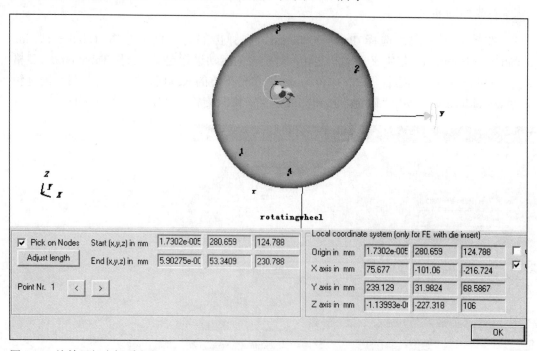

图 9.11　旋轮局部坐标系定义

（6）在备品区将之前定义的旋轮设备 wheel 选中，按住鼠标左键将其拖动到进程树 bulkheadFe3D 的下方，然后在进程树中使用鼠标左键选中 rotatingwheel 并将其拖动到 wheel 的下方，如图 9.12 所示。

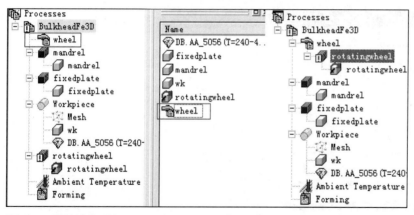

图 9.12　旋轮设备定义

（7）在备品区右击，选择 DieType→DieInsert→Manual，在弹出的对话框中定义如图 9.13 所示的参数，单击 OK 按钮，在备品区将 DieInsert 拖动到进程树 rotatingwheel 的下方。

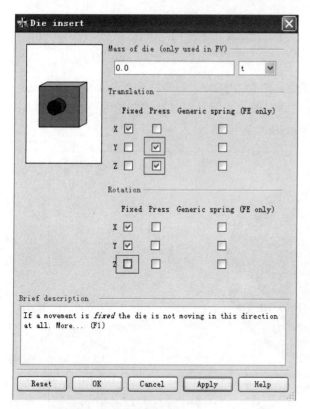

图 9.13　旋轮被动旋转边界条件定义

2. 芯模和固定板运动定义

（1）在备品区右击，选择 Press→Manual，在弹出的对话框中选择 Tabular motion（Translation & Rotation，自定义平动和旋转），在 Angular velocity 处输入 200，单击 Add 按钮；在 Time 处输入 113.257，在 Angular velocity 处输入 200，再次单击 Add 按钮；单击"确定"按钮，如图 9.14 所示，在备品区修改本次定义设备的名称为 rot。

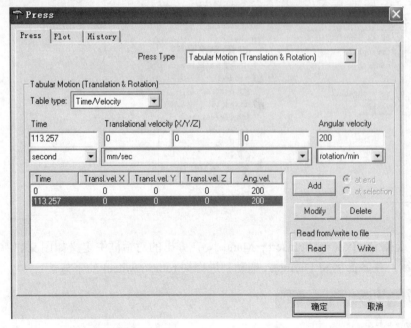

图 9.14　芯模及固定板设备定义

（2）芯模及固定板主动旋转轴的定义，在进程树 fixedplate 上右击并选择 Rotation axis/local system。在右侧弹出的界面中使用鼠标左键在固定板上表面沿顺时针方向拾取三个点，单击 OK 按钮确定，如图 9.15 所示。同理定义芯模的主动旋转轴。

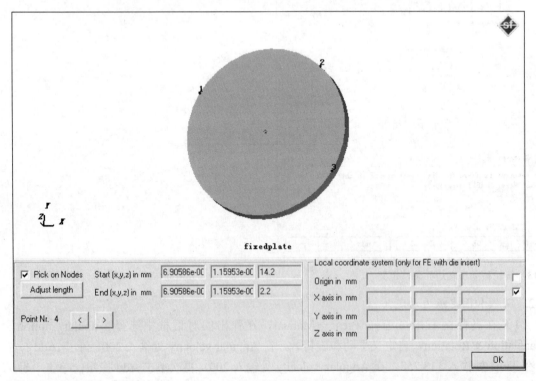

图 9.15　固定板主动旋转轴定义

（3）在备品区将定义的芯模及固定板设备 rot 选中，按住鼠标左键将其拖动到进程树 bulkheadFe3D 的下方，然后在进程树中使用鼠标左键选中 fixedplate 和 mandrel 并将其拖动到 rot 的下方，如图 9.16 所示。

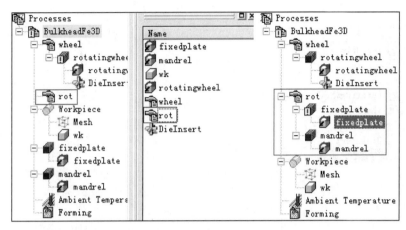

图 9.16 芯模及固定板设备添加

9.2.5 定义摩擦

摩擦的定义步骤如下：

（1）摩擦属性定义。在对象储备区右击，选择 Friction→Manual，在弹出的摩擦定义对话框中选择 Type of Friction（摩擦类型）为 Plastic Shear Friction（剪切摩擦模型），设定界面摩擦系数为 0.4，如图 9.17 所示。

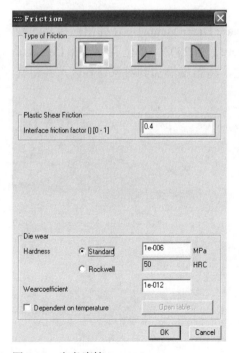

图 9.17 定义摩擦

（2）模具摩擦定义。单击 OK 按钮确定，将摩擦添加到对象储备区。修改摩擦名称为 Friction0.4，在对象储备区用鼠标左键将摩擦 Friction0.4 拖到进程树 fixedplate、mandrel、rotatingwheel 的下方，完成摩擦定义，如图 9.18 所示。

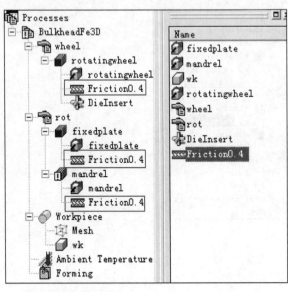

图 9.18　定义模具摩擦

9.2.6　定义温度

本案例中模具温度为 25℃，坯料初始温度为 250℃，环境温度为 25℃。

温度的定义步骤如下：

（1）模具温度定义。在对象储备区右击，选择 Heat→Die→Manual，在弹出的模具温度定义对话框中设定模具的初始温度（Initial Die Temperature）为 25℃，单位类型选择 Celsius，其他保持默认不变，如图 9.19 所示。单击 OK 按钮确定，将温度添加到对象储备区，并将其名称修改为 diet25。

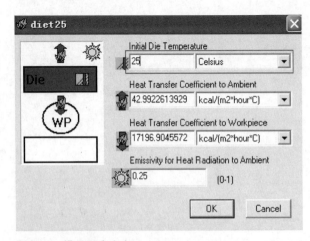

图 9.19　模具温度定义

（2）坯料温度定义。在对象储备区右击，选择 Heat→WorkPiece→Manual，在弹出的工件温度定义对话框中设定坯料的初始温度（Initial WorkPiece Temperature）为 250℃，单位类型选择 Celsius，如图 9.20 所示。单击 OK 按钮确定，将坯料温度添加到对象储备区，并修改其名称为 wpt250。

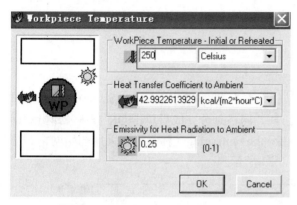

图 9.20　坯料温度定义

（3）施加模具与坯料温度。使用鼠标左键将对象储备区模具温度定义 die25 分别拖到进程树 fixedplate、mandrel、rotatingwheel 的下方，再将坯料温度 wpt250 拖到进程树 WorkPiece 的下方，完成坯料温度定义，如图 9.21 所示。

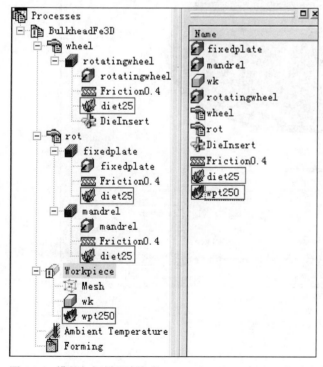

图 9.21　模具与坯料温度定义

（4）环境温度定义。使用鼠标左键双击进程树中的 Ambient Temperature，定义环境温度为 25℃，单位类型选择 Celsius，如图 9.22 所示。单击 OK 按钮确定。

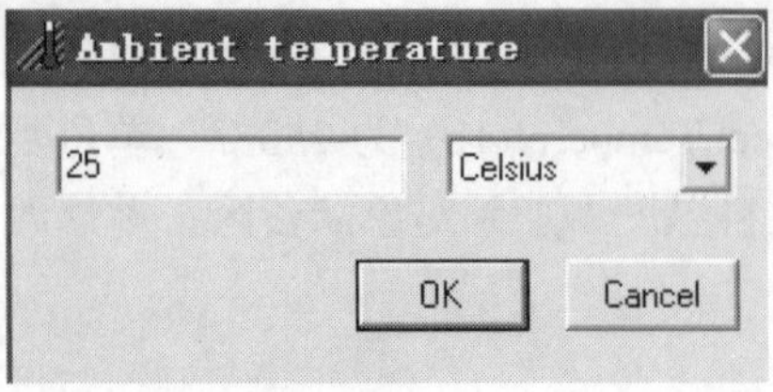

图 9.22 定义环境温度

9.2.7 网格划分

在进程树中双击 workpiece 下方的 mesh 按钮，在右侧弹出的网格划分窗口中输入网格单元大小为 20mm，单击上方的"网格划分"按钮，网格划分完成后单击 OK 按钮，弹出对话框 Do you want to use the initial mesh parameters for the remeshing（你是否想采用初始网格划分参数进行网格重划分），单击 Yes 按钮，如图 9.23 所示。

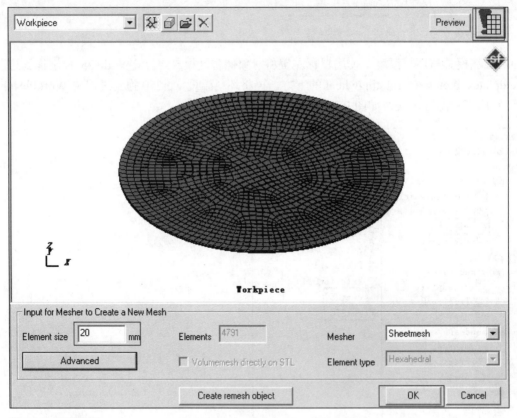

图 9.23 网格划分

9.2.8 接触定义

在进程树 BulkheadFe3D 上右击，在弹出的对话框中选择 Insert-FE contact table 插入接触表定义。在 Body 处选中 Workpiece，选中 has contact with 处 rotatingwheel 前的复选框，在 Direction 处选择 Automatic，然后选中 fixedplate，在右侧 Contact type 处选择 Glued 将固定板

和坯料粘合，选中 workpiece，在 Direction 处选择 Automatic，单击 OK 按钮。

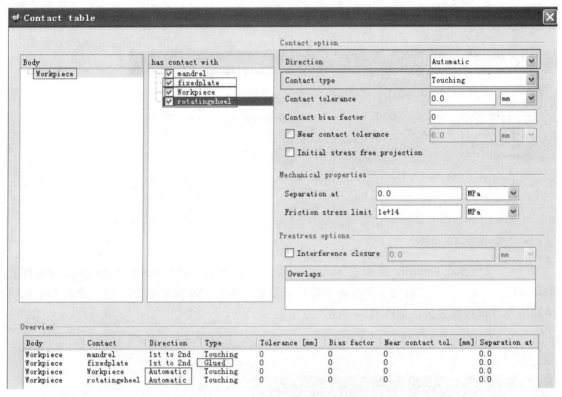

图 9.24　接触表定义

9.2.9　控制参数设置及运行

（1）单击 Tool→Define Points 命令，在图形显示区中的芯模上使用鼠标左键拾取一点，单击 Add 按钮，单击 Close 按钮，如图 9.25 所示。

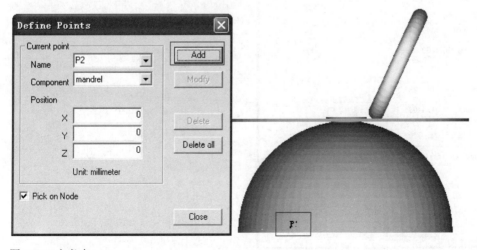

图 9.25　定义点

（2）在进程树中双击 Forming，在弹出的 Forming Control(FE)（成形过程控制，有限元法）对话框中选择 Output divisions，在右侧的 Workpiece/die 处输入 101，更改保存结果步数，如图 9.26 所示。

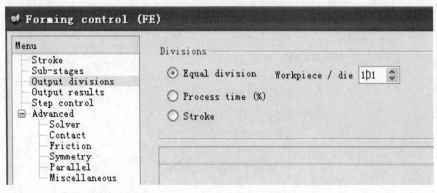

图 9.26　更改保存结果步数

（3）选择 Step control，单击右侧的 按钮，在弹出对话框的 Point of the press 处选择之前定义的点 P1，程序会自动计算推荐的总计算步数。单击 OK 按钮返回，再次单击 OK 按钮结束成形过程控制定义，如图 9.27 所示。

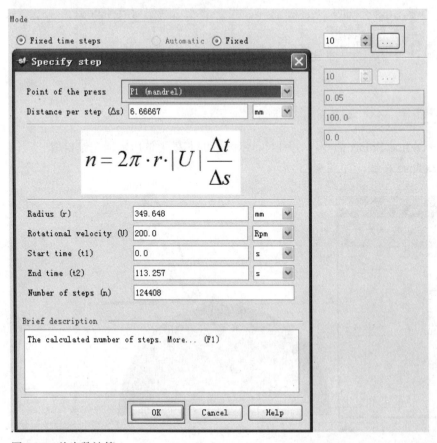

图 9.27　总步数计算

（4）单击"保存"按钮，在弹出的对话框中将"保存名称"修改为 BulkheadSpinning，单击"保存"按钮（必须保存在英文路径下）退出。

（5）单击"运行"按钮，在弹出的对话框中单击 Yes 按钮开始计算，如图 9.28 所示。

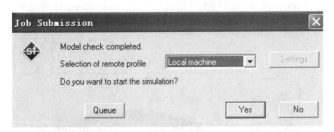

图 9.28　提交计算

9.2.10　模拟结果分析

下面是一次成形性分析。

鼠标左键单击进程树窗口里的工件 Workpiece，单击结果工具栏中的按钮，打开后处理结果选择窗口，在后处理结果选择窗口中通过鼠标左键选取等效塑性应变（Effective Plastic Strain）前面的复选框。鼠标左键单击后处理结果工具栏中的"结果动画显示"按钮，单击 Play 按钮开始动画显示工件变形过程中的应力分布变化模拟结果，由动画可以看出，坯料成形状态一直良好，但是在最后一步时发生了很大的变形，导致计算不收敛而停止。如图 9.29 所示为计算到不同时间时坯料中等效塑性应变分布云图。

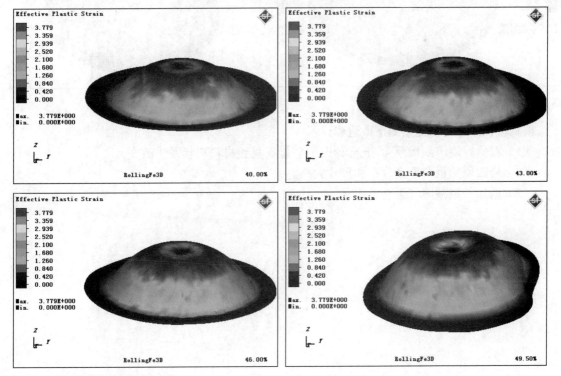

图 9.29　等效塑性应变分布云图

图 9.30 所示为不同时刻坯料厚度分布云图。由图可知，由于坯料为变壁厚板材，越靠近边缘板料越厚，在板料薄的地方，坯料成形状态良好，而当旋轮运行到坯料厚度为 8mm 处时，由于减薄率太大，导致变形量急剧增大，最终因为计算不收敛而停止。因此可以判断，在此工装和工艺参数下不太可能一次成形出直径为 700mm 的标准球形封头。实际生产中极有可能在此时出现相关缺陷（裂纹、壁厚不均、表面不平等），初步分析可能是由于坯料从 8mm 到 3.2mm 减薄量太大而导致的。

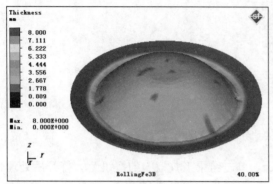

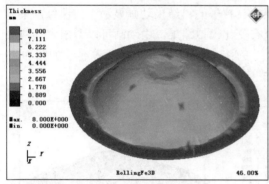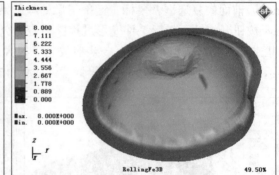

图 9.30　厚度分布云图

根据模拟结果可以提出如下改进建议：

（1）在恰好旋压到板厚为 8mm 处改为普旋（只让材料形状发生改变）。

（2）修改原始板料厚度分布和尺寸大小。

（3）增加一道减薄（强旋）工艺。

10

环轧模拟

10.1 引言

环件轧制又称环件辗扩或扩孔,它是借助环件轧机和轧制孔型使环件产生连续局部塑性变形,进而实现壁厚减小、直径扩大、截面轮廓成形的塑性加工工艺,它适用于生产各种形状尺寸的环形机械零件。目前,用于轧制成形的环件材料主要有碳素钢、合金工具钢、不锈钢、铝合金、铜合金、钛合金、钴合金等。环件轧制工艺与传统的环件自由锻造工艺、环件模锻工艺、环件火焰切割工艺相比,具有较好的技术经济效果,具体表现在环件精度高、加工余量少、材料利用率高;环件内部质量好;设备吨位小、加工范围大;生产率高、生产成本低等。有限元技术是一种常用的优化金属塑性加工工艺的方法,它可以动态观察、分析金属塑性加工过程中各种物理场量的演变规律,分析金属流动规律和缺陷产生的原因,从而优化出合理的加工工艺,这对于生产出高质量、高精度的环件产品具有重要的意义。

本章案例是一个环形工件的热环轧,工件的几何尺寸:外径 45mm,内径 25mm,高度 25mm。环轧的工艺参数:主动辊的转速为 3r/min,芯轴的运动速度为 0.2mm/s,轧制时间为 21s,模具温度为 150℃,工件初始温度为 1150℃,环境温度为 30℃。

10.2 环轧实例分析

10.2.1 创建新的工艺仿真

打开 Simufact.forming 软件。可以通过以下三种方式创建新的工艺仿真:

(1)在软件界面单击 File→New Project 命令。

(2)按快捷键 Ctrl+N。

(3)单击"新建"按钮 ⬚。

对于环轧进程,需要在"进程属性"对话框里选择 Bulk Forming 类型中的 Ring Rolling(环轧),如图 10.1 所示,进程属性相关参数设置如下:

锻造类型 Forging：Hot。

模拟类别 Simulation 与求解器 Suggested Solver 默认设置。

模具 Dies 选择 6 个，其中上模具（UpperDie）2 个，下模具（LowerDie）4 个。

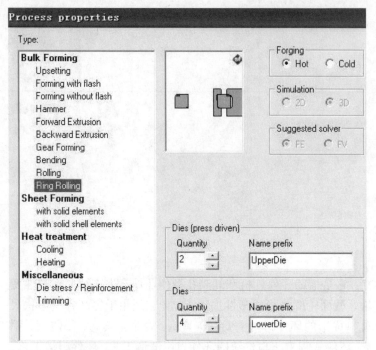

图 10.1　"进程属性"对话框

单击 OK 按钮确认，弹出进程树对话框，系统默认进程名称 Processes 为 RingRollFe3D，用户也可以根据需要自行修改进程名称，如图 10.2 所示。

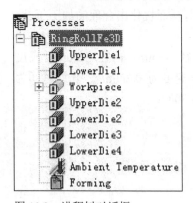

图 10.2　进程树对话框

10.2.2　导入几何模型

Simufact 可以通过两种方式导入几何模型：一种方式为通过文件导入模型（From file），支持的几何模型格式包括 STL、BDF、DAT、ARC、T16、WRL 和 DXF；另一种方式为通过 CAD 导入模型（CAD import），支持的几何模型格式包括 IGES、STEP、Proe、Catia、Ug、

SolidWorks 等默认格式文件。这里采用通过文件导入模型方式，操作说明如下：

（1）单击 Insert 按钮或者在对象储备区右击，选择 Model→From file。

（2）在弹出的打开对话框中按住 Ctrl 键分别选择要导入的模型文件：轴向下辊（axiallower.stl）、轴向上辊（axialupper.stl）、导向辊 1（centerroll1.stl）、导向辊 2（centerroll2.stl）、主动辊（mainroll.stl）、芯轴（mandrel.stl）和坯料（ring.stl），单位（Unit）选择 mm，单击"打开"按钮，如图 10.3 所示。

图 10.3　"打开"对话框

（3）在左侧进程树中右击并选择 rename，分别将 UpperDie1 修改为 axiallower，LowerDie1 修改为 axialupper，UpperDie2 修改为 mandrel，LowerDie2 修改为 mainroll，LowerDie3 修改为 centerroll1，LowerDie4 修改为 centerroll2。选择（按住不放）对象储备区中的 axiallower、axialupper、mandrel、mainroll、centerroll1、centerroll2 和 ring 并分别拖到左侧进程树 axiallower、axialupper、mandrel、mainroll、centerroll1、centerroll2 和 WorkPiece 的下方。完成后，会在右侧图形显示区看到导入的模型，如图 10.4 所示。

10.2.3　定义材料

模具材料的定义：如果不定义模具材料，软件默认设置为 H13 模具钢。

坯料材料的定义步骤如下：

（1）在对象储备区右击，选择 Material→Library。

（2）在弹出的插入材料库方案对话框中选择材料类型为 Steel（钢），材料牌号选择 Din_1.7225(T=800-1200C)，如图 10.5 所示。单击 Load 按钮将所选材料加载到对象储备区，单击 Close 按钮关闭对话框。

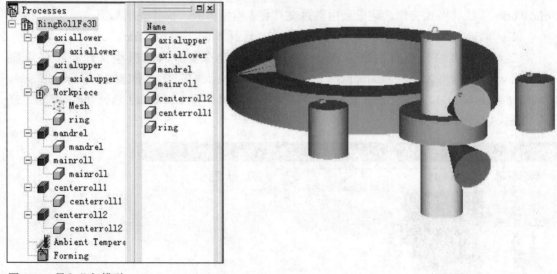

图 10.4　导入几何模型

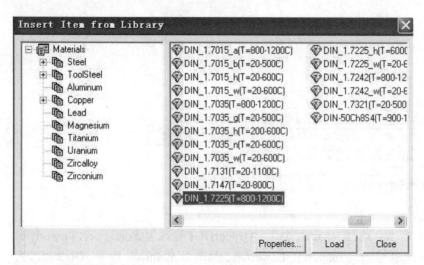

图 10.5　插入材料库方案

（3）在对象储备区使用鼠标左键把材料 DB.Din_1.7225(T=800-1200C)拖到进程树 Workpiece 的下方，完成坯料材料定义，如图 10.6 所示。

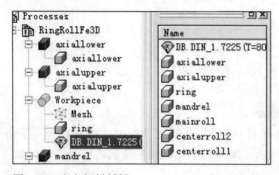

图 10.6　定义坯料材料

10.2.4　定义设备

1.　模具旋转方向定义

（1）主动辊 mainroll 的旋转运动。

主动辊为绕着 Z 轴正方向顺时针的主动旋转，其旋转运动的定义如下：右击进程树主动辊 mainroll 并选择 Rotation axis/local system，如图 10.7 所示，出现旋转轴设置对话框，将 mainroll 调整到合适位置，鼠标左键按顺时针方向依次单击图 10.8 所示的三个点，并单击 OK 按钮，结束主动辊旋转运动的定义。

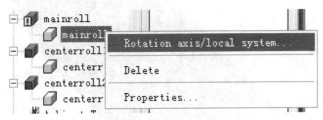

图 10.7　模具运动设置对话框

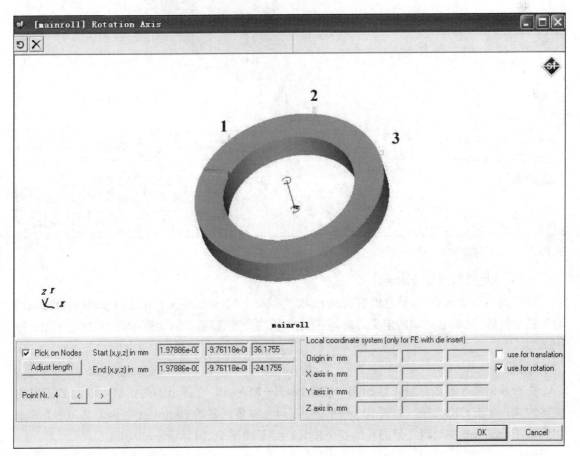

图 10.8　定义主动辊旋转轴对话框

（2）芯轴的旋转运动。

芯轴为绕着 Z 轴正方向逆时针的被动旋转，旋转轴为其自身的轴线，其旋转运动的定义如下：右击进程树芯轴 mandrel 并选择 Rotation axis/local system，出现旋转轴设置对话框，将 mandrel 调整到合适位置，鼠标左键按顺时针方向依次单击图 10.9 所示的四个点，并单击 OK 按钮，结束芯轴旋转运动的定义。

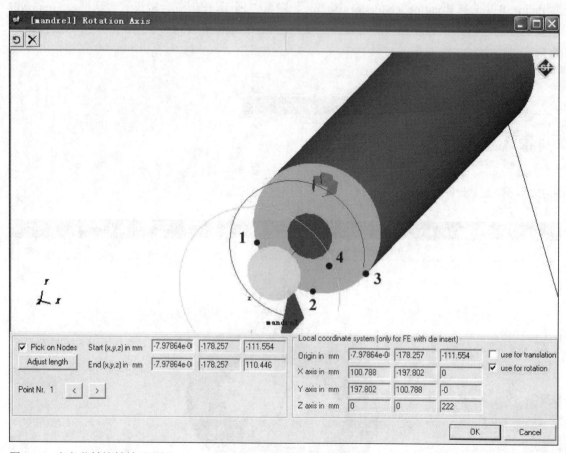

图 10.9　定义芯轴旋转轴对话框

（3）其他模具的旋转运动。

导向辊 1（centerroll1）、导向辊 2（centerroll2）、轴向上辊（axialupper）和轴向下辊（axiallower）均为被动旋转，其旋转运动的定义方向与芯轴相似，旋转轴设置的对话框如图 10.10 至图 10.13 所示。

2. 模具约束

在对象储备区右击，选择 Die type→Die insert→Manual，在弹出的对话框中取消 Z 方向的旋转约束，单击 OK 按钮，如图 10.14 所示。在对象储备区修改 DieInsert 名称为 Z，并将其添加到除了 mainroll 主动辊之外的其他 5 个模具，结果如图 10.14 所示。

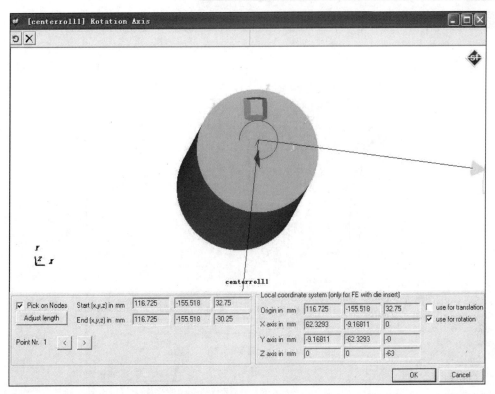

图 10.10   定义导向辊 1 旋转轴对话框

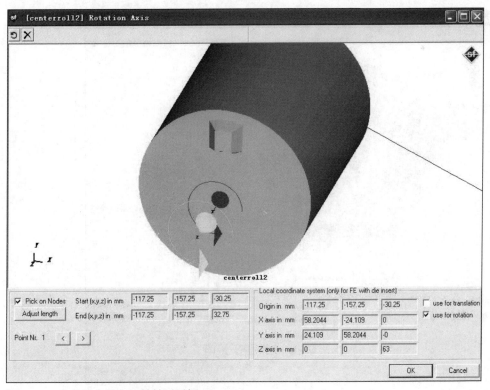

图 10.11   定义导向辊 2 旋转轴对话框

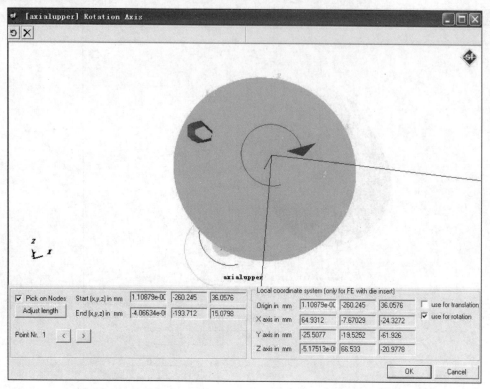

图 10.12　定义轴向上辊旋转轴对话框

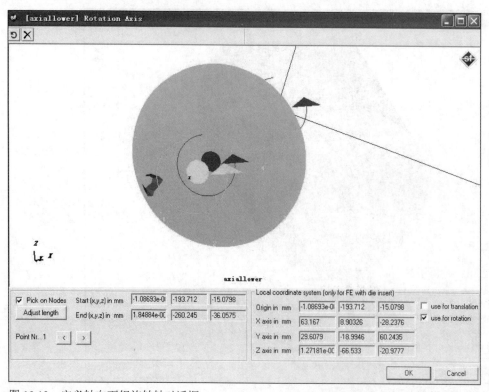

图 10.13　定义轴向下辊旋转轴对话框

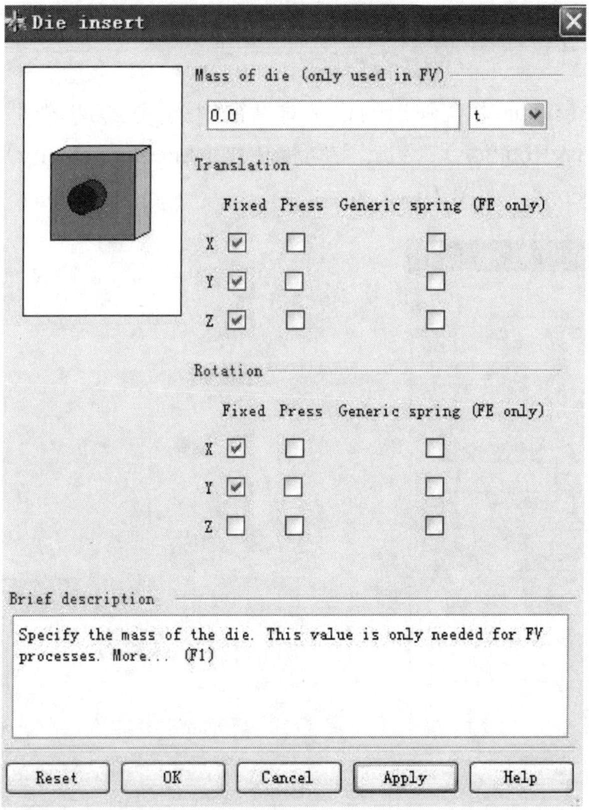

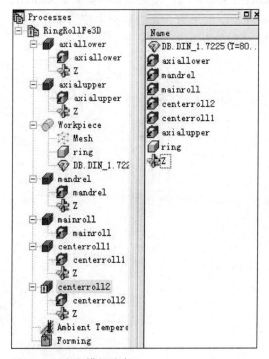

图 10.14 "模具约束"对话框

图 10.15 定义模具约束

3. 主动辊转速的定义

主动辊转速的定义步骤如下：

（1）在对象储备区右击，选择 Press→Manual，在弹出的设备对话框中选择压力机类型（Press Type）为 Tabular Motion（Translation &Rotation），设定主动辊转速（Angular velocity）为 3，单位为 rotation/min，运动时间为 21second，如图 10.16 所示。

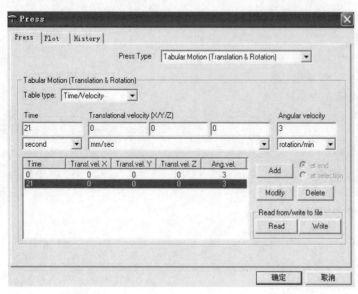

图 10.16　转速定义

（2）设备定义。单击"确定"按钮将设备添加到对象储备区。修改设备名称为 Rotation，在对象储备区用鼠标左键将设备拖到进程树 RingRollFe3D 的下方，在进程树中使用鼠标左键选中 mainroll 并将其拖到设备 Rotation 的下方，如图 10.17 所示。

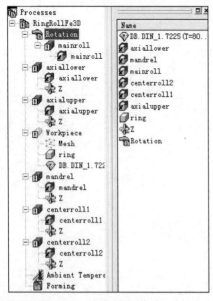

图 10.17　完成主动辊转速定义

4. 芯轴平动的定义

芯轴平动的定义与主动辊转速的定义类似，步骤如下：

（1）在对象储备区右击，选择 Press→Manual，在弹出的设备对话框中选择压力机类型（Press Type）为 Tabular Motion（Translation &Rotation），设定芯轴沿着 Y 轴水平运动的速度（Translational velocity）为 0.2，单位为 mm/sec，运动时间为 21second，如图 10.18 所示。

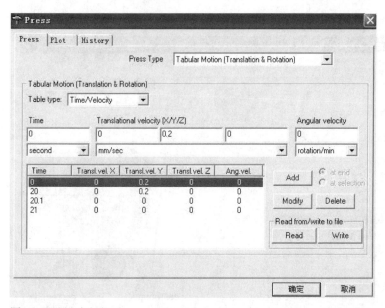

图 10.18　平动定义

（2）设备定义。单击"确定"按钮将设备添加到对象储备区。修改设备名称为 Translation，在对象储备区用鼠标左键将设备拖到进程树 RingRollFe3D 的下方，在进程树中使用鼠标左键选中 mandrel 并将其拖到设备 Translation 的下方，如图 10.19 所示。

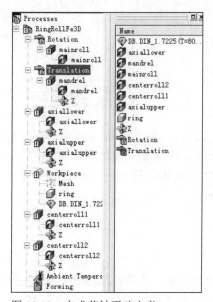

图 10.19　完成芯轴平动定义

5. 导向辊运动的定义

定义导向辊运动的步骤如下：

（1）在对象储备区右击，选择 Press→Kinematics，在弹出的对话框中依次选择 Menu→RAW，单击 OK 按钮，出现 RAW 设置对话框，设置 Main roll 为 mainroll，Centering roll 1 为 centerroll1，Centering roll 2 为 centerroll2，并设置导向辊的半径、长度、高度等数值，如图 10.20 所示。

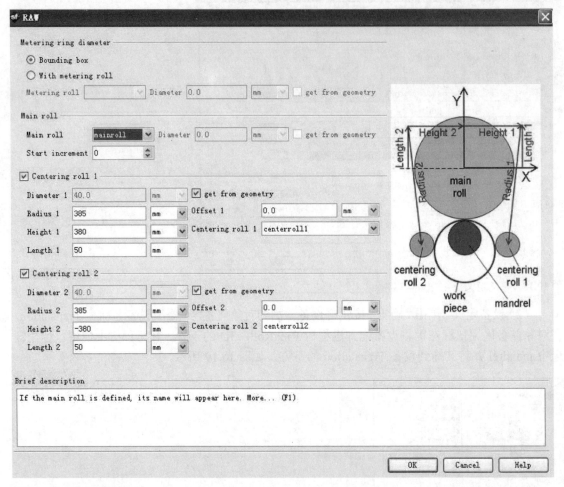

图 10.20　导向辊运动定义

（2）设备定义。单击 OK 按钮将设备添加到对象储备区。在对象储备区用鼠标左键将 KiRAW 拖到进程树 RingRollFe3D 的下方，在进程树中使用鼠标左键选中 centerroll1 和 centerroll2 并将其拖到设备 KiRAW 的下方，如图 10.21 所示。

10.2.5　定义摩擦

本例需要定义不同的摩擦系数，摩擦的定义步骤如下：

（1）摩擦属性定义。在对象储备区右击，选择 Friction→Manual，在弹出的摩擦定义对话框中选择 Type of Friction（摩擦类型）为 Plastic Shear Friction（剪切摩擦模型），设定界面摩擦系数为 0.8，如图 10.22 所示。

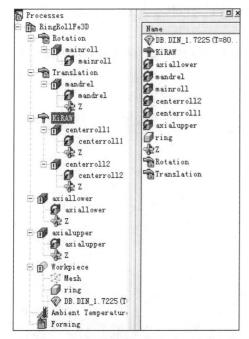

图 10.21　完成导向辊运动定义

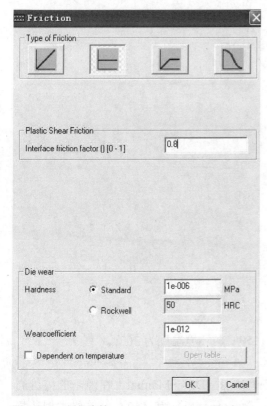

图 10.22　定义摩擦

（2）模具摩擦定义。单击 OK 按钮确定，将摩擦添加到对象储备区。修改摩擦名称为 Friction0.8，在对象储备区用鼠标左键将摩擦 Friction0.8 拖到进程树 mainroll 的下方，完成主动辊的摩擦定义。

同理，再定义一个 0.6 的摩擦系数，并将其赋予其他 5 个模具，最终所有模具的摩擦如图 10.23 所示。

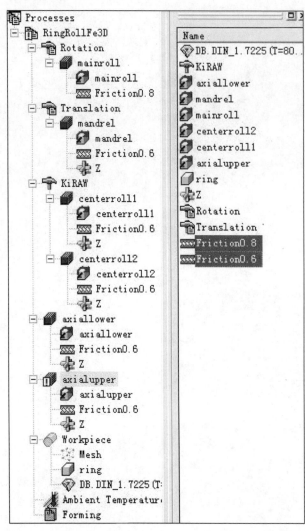

图 10.23　定义模具摩擦

10.2.6　定义温度

本案例中模具温度为 150℃，坯料初始温度为 1150℃，环境温度为 30℃。

温度的定义步骤如下：

（1）模具温度定义。在对象储备区右击，选择 Heat→Die→Manual，在弹出的模具温度定义对话框中设定模具的初始温度（Initial Die Temperature）为 150℃，单位类型选择

Celsius，如图 10.24 所示。单击 OK 按钮确定，将温度添加到对象储备区，并将其名称修改为 Die150。

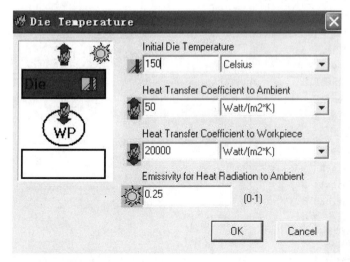

图 10.24　模具温度定义

（2）坯料温度定义。在对象储备区右击，选择 Heat→WorkPiece→Manual，在弹出的工件温度定义对话框中设定坯料的初始温度（Initial WorkPiece Temperature）为 1150℃，单位类型选择 Celsius，如图 10.25 所示。单击 OK 按钮确定，将坯料温度添加到对象储备区，并修改其名称为 WP1150。

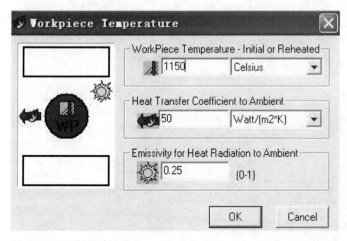

图 10.25　坯料温度定义

（3）施加模具与坯料温度。使用鼠标左键将对象储备区模具温度定义 Die150 分别拖到进程树 6 个模具的下方，完成模具温度定义，再将坯料温度 WP1150 拖到进程树 WorkPiece 的下方，完成坯料温度定义，如图 10.26 所示。

（4）环境温度定义。使用鼠标左键双击进程树中的 Ambient Temperature，定义环境温度为 30℃，单位类型选择 Celsius，如图 10.27 所示。单击 OK 按钮确定。

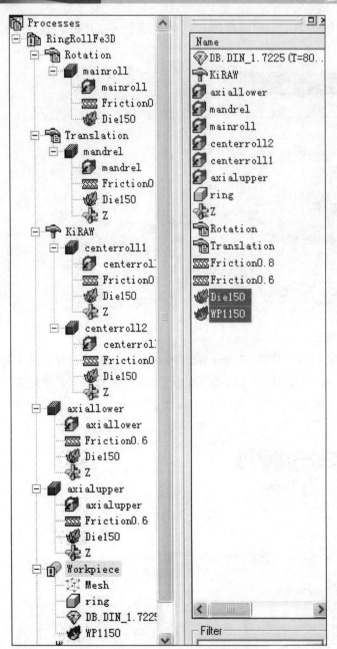

图 10.26　模具与坯料温度定义

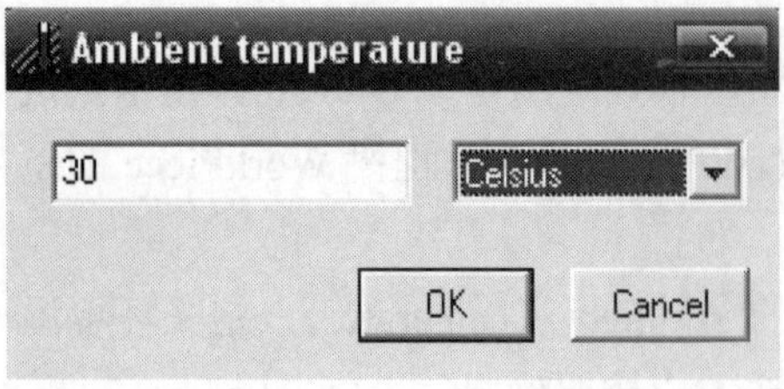

图 10.27　定义环境温度

12.2.7 网格划分

在进程树中左键双击 Workpiece 下方的 Mesh，出现网格划分菜单，如图 10.28 所示。

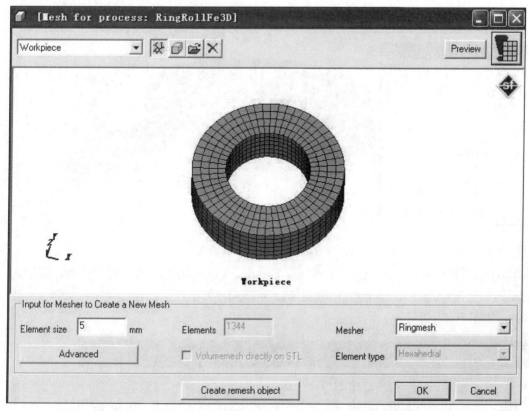

图 10.28 "网格划分"对话框

在 Element size 处输入网格大小为 5mm，在右侧 Mesher 下拉菜单中选择网格划分器为 Ringmesh，其他参数保持默认设置。然后单击上方的"网格划分"按钮 开始自动划分网格。用户也可以单击 Advanced 按钮输入参数，控制网格的数量。划分完成后单击 OK 按钮，弹出"是否使用初始网格划分参数进行网格重划分"对话框，单击"是"按钮，如图 10.29 所示。

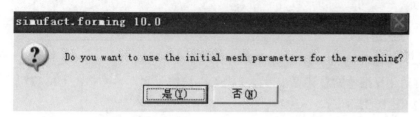

图 10.29 "网格重划分"对话框

10.2.8 控制参数设置及运行

控制参数设置及运行定义的步骤如下：

（1）单击 Tool→Define Points 命令，在图形显示区中的主动辊上使用鼠标左键拾取一点，单击 Add 按钮，单击 Close 按钮，如图 10.30 所示。

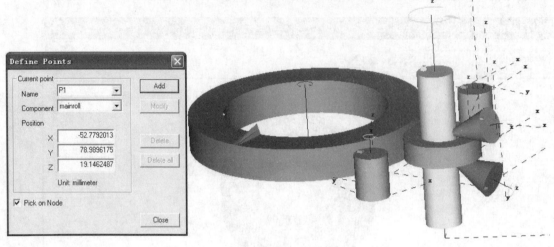

图 10.30　定义点

（2）在进程树中双击 Forming，在弹出的 Forming Control(FE)（成形过程控制，有限元法）对话框中选择 Output divisions，在右侧 Workpiece/die 处输入总的计算步长，此例使用默认值 101，如图 10.31 所示。

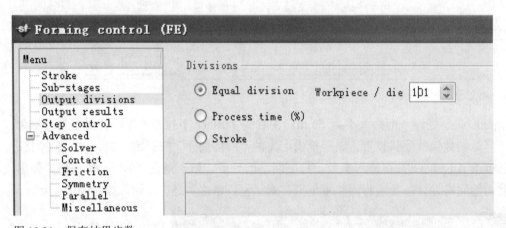

图 10.31　保存结果步数

（3）选择 Step control，单击右侧的 ⸬ 按钮，在弹出对话框的 Point of the press 处选择之前定义的点 P1，程序会自动计算推荐的总计算步数。单击 OK 按钮返回，再次单击 OK 按钮结束成形过程控制定义，如图 10.32 所示。

（4）单击"保存"按钮，在弹出的对话框中将"保存名称"修改为 Ringroll，单击"保存"按钮（必须保存在英文路径下）退出。

（5）单击"运行"按钮 ⎃，在弹出的对话框中单击 Yes 按钮开始计算，如图 10.33 所示。

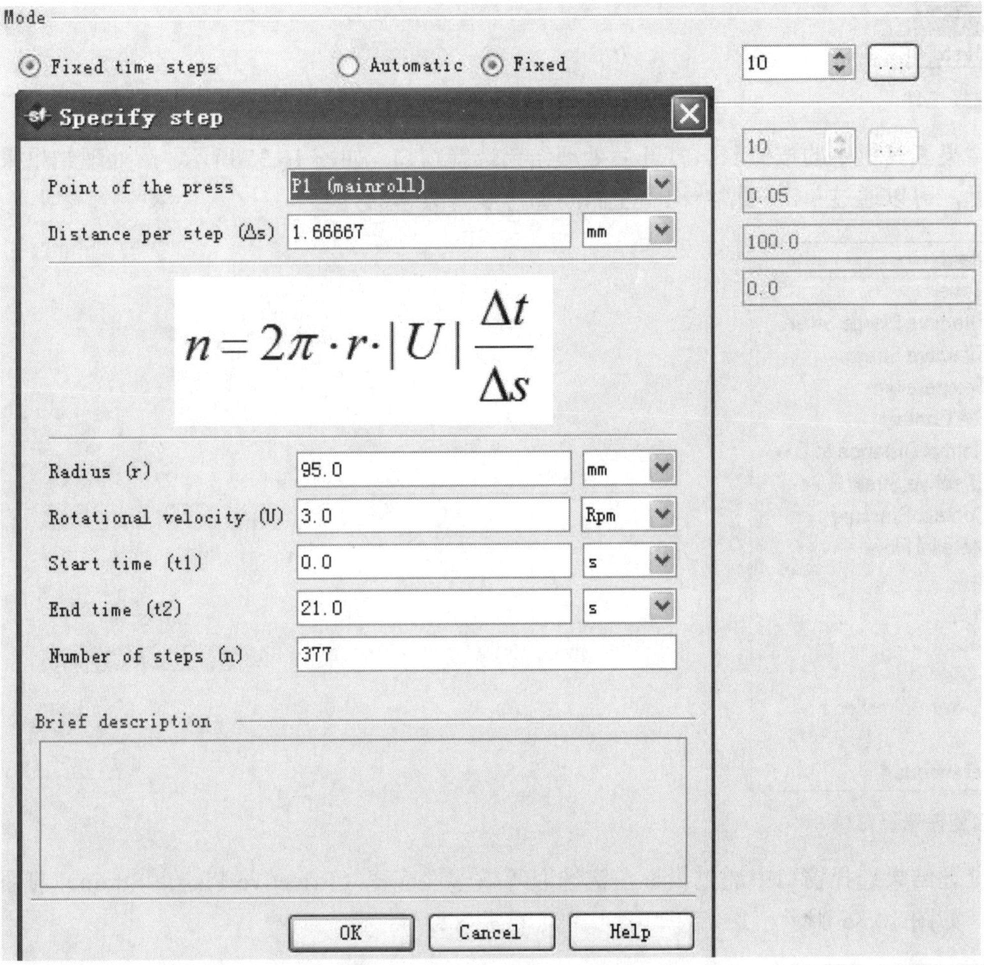

Mode

⦿ Fixed time steps   ◯ Automatic ⦿ Fixed

10 ⇕ [...]

Specify step

| Point of the press | P1 (mainroll) |
| Distance per step (Δs) | 1.66667 | mm |

10 ⇕ [...]
0.05
100.0
0.0

$$n = 2\pi \cdot r \cdot |U| \frac{\Delta t}{\Delta s}$$

Radius (r)	95.0	mm
Rotational velocity (U)	3.0	Rpm
Start time (t1)	0.0	s
End time (t2)	21.0	s
Number of steps (n)	377	

Brief description

[OK] [Cancel] [Help]

图 10.32　总步数计算

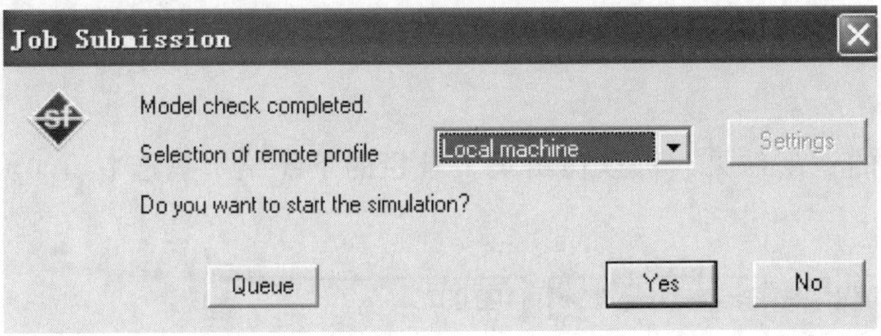

Job Submission

Model check completed.
Selection of remote profile [Local machine ▾] [Settings]
Do you want to start the simulation?

[Queue]   [Yes] [No]

图 10.33　提交计算

10.2.9　模拟结果分析

（1）等效塑性应变。

鼠标左键单击进程树窗口里的工件 Workpiece，如图 10.34 所示。如果涉及到多个目标，也可以按住 Ctrl 键通过鼠标左键连续选择多个目标。

图 10.34　选择工件

单击结果工具栏中的按钮📎，打开后处理结果选择窗口，如图 10.35 所示。后处理结果采用分组显示，可以通过单击树型结构图左侧的加号展开具体的内容。

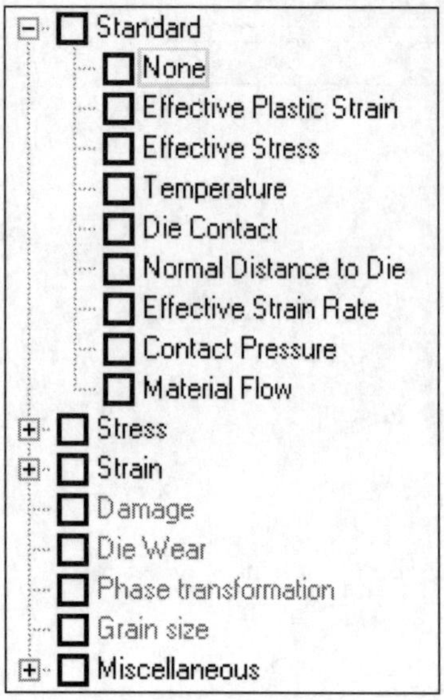

```
☐ Standard
    ☐ None
    ☐ Effective Plastic Strain
    ☐ Effective Stress
    ☐ Temperature
    ☐ Die Contact
    ☐ Normal Distance to Die
    ☐ Effective Strain Rate
    ☐ Contact Pressure
    ☐ Material Flow
☐ Stress
☐ Strain
  ☐ Damage
  ☐ Die Wear
  ☐ Phase transformation
  ☐ Grain size
☐ Miscellaneous
```

图 10.35　后处理选择窗口

在后处理结果选择窗口中通过鼠标左键选取等效塑性应变（Effective Plastic Strain）前面的复选框，如图 10.36 所示。

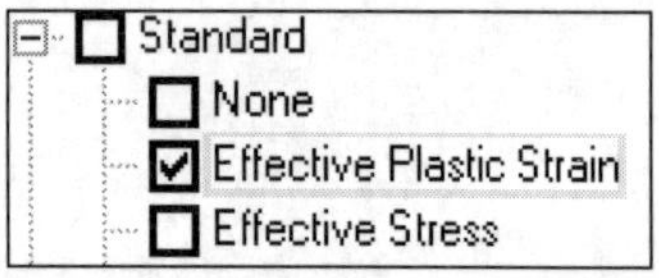

```
☐ Standard
    ☐ None
    ☑ Effective Plastic Strain
    ☐ Effective Stress
```

图 10.36　选取等效塑性应变

为了显示模拟最后一步的变形结果，可以在结果工具栏的下拉菜单里选取 100%(forming)，如图 10.37 所示。

| Effective Plastic Strain | 📎 | ProcessTime % ▼ | 100.00% ▼ |

图 10.37　变形结果显示

鼠标左键单击后处理结果工具栏中的"结果显示"按钮🖼，在图形显示区显示工件环轧成形最终状态的等效塑性应变模拟结果，如图 10.38 所示，也可以单击▶按钮动态观察工件等效塑性应变的变化过程。

（2）等效应力。

在后处理结果选择窗口中通过鼠标左键选取等效应力（Effective Stress）前面的复选框，观察分析工件的等效应力变化，图 10.39 所示为环轧成形最后一步工件的等效应力结果。

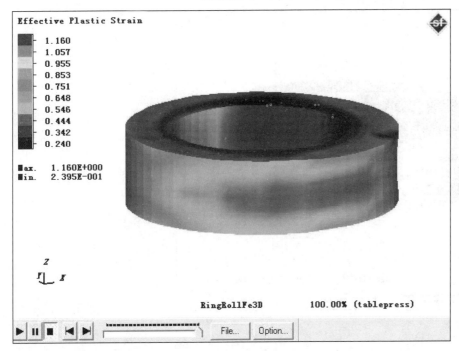

图 10.38 等效塑性应变模拟结果

（3）温度结果。

在后处理结果选择窗口中通过鼠标左键选取 Temperature，观察分析工件的温度变化，图 10.40 所示为环轧成形最后一步工件的温度分布结果。

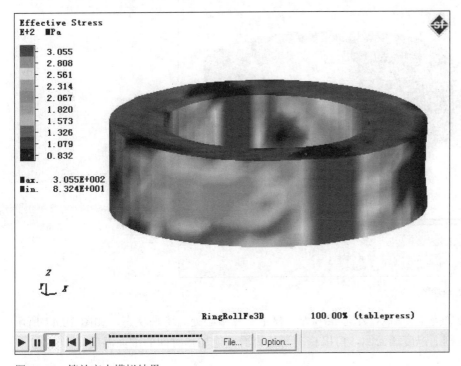

图 10.39 等效应力模拟结果

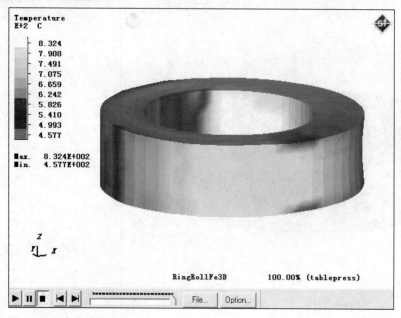

图 10.40 温度模拟结果

（4）工件剖面温度分析。

在图 10.40 的基础上，右击图形显示区窗口并选择 Active cutting，激活剖面处理功能，如图 10.41 所示。可以通过平移⊕、旋转↻、缩放🔍按钮对工件进行操作。

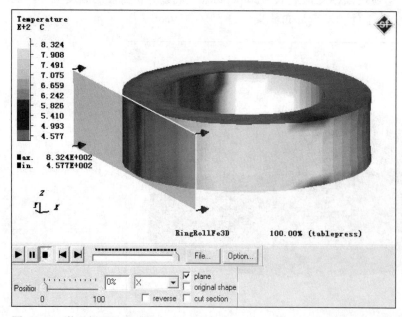

图 10.41 激活剖面处理功能

设置剪切面位置为工件沿 X 方向 50%处，显示工件中心处温度场状态，如图 10.42 所示为环轧成形结束时剖面温度场云图，可以移动滑块查看其他加热时间的剖面温度场。

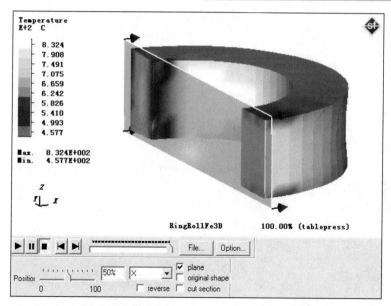

图 10.42　工件中心处温度场分布

　　右击图形显示区窗口并选择 Active cutting，关闭活剖面处理功能。用同样的方法可以查看工件应力、应变的剖面结果。

　　（5）模具受力分析。

　　单击后处理结果工具栏中的"历史追踪"按钮 ，打开模具受力历史追踪窗口，选择 Selection 里面的 6 个模具，可以看到工件变形过程中模具受力情况的变化，如图 10.43 所示。可以通过"结果输出"按钮 将工件变形过程中模具受力的具体数据输出。

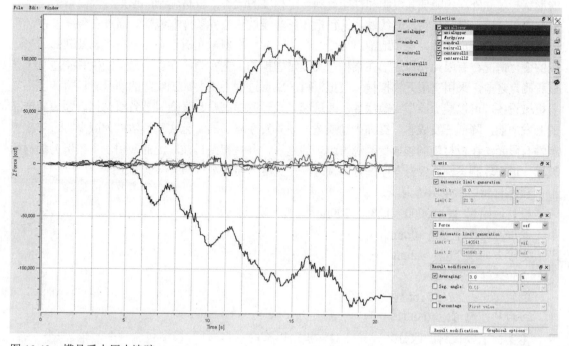

图 10.43　模具受力历史追踪

11

板材轧制模拟

11.1 引言

目前，我国钢铁工业处于高速发展阶段，钢铁企业的市场竞争日益激烈。为了提高钢铁企业的市场竞争力，必须提高产品的质量和生产效率，为此板材轧制技术正向着高精度、高速度和自动化方向发展。

轧制是指金属坯料通过转动轧辊的缝隙间而使金属受压缩产生塑性变形的过程。根据轧辊的转动方向和轧件在变形区中运动的特点可把轧制分为纵轧和斜轧等。轧制过程除使轧件获得一定的形状和尺寸外，还能使其组织和性能得到一定程度的改善。板材轧制成形是一种复杂的三维弹塑性变形过程，既包括物理非线性，又包括几何非线性和边界条件非线性。通过有限元模拟，可以预测板料的变形行为，定量地给出与变形有关的各种物理量在板料上的分布状态及其随成形过程的变化情况。有限元模拟成形在某种意义上是虚拟的工艺实验，在费用昂贵的模具制造和工艺过程确定之前，采用有限元模拟技术模拟板材的成形过程不需要加工实际的模具和坯料，也不需要机械设备，可以减少原型实验次数，改进模具设计并提高模具寿命，节省原材料，缩短新产品的开发周期，降低开发成本，提高产品质量，使开发新产品的工艺实验次数大为减少。近年来弹塑性有限元法在板材轧制领域受到越来越多的重视，并且得到日益广泛的应用。本案例为板材粗轧第一道次轧制案例。板材在厚度方向减薄，在宽度方向变窄。相关参数如下：

板坯材料：304 不锈钢。

板材原始尺寸：$10000 \times 1280 \times 200$mm（长×宽×厚）。

厚度方向压下量：30mm。

宽度方向压下量：4mm。

立辊转速：3.04 rot/s。

侧辊转速：2.7667 rot/s。

板料初轧温度：1050℃。

本案例采取板料的四分之一建立对称模型以节约计算时间，模型包含一个侧辊、一个上辊、一个推料板以及四分之一的原始板料。

11.2　板材轧制实例分析

11.2.1　创建新的工艺仿真

打开 Simufact.forming 软件。可以通过以下三种方式创建新的工艺仿真：

（1）在软件界面中单击 File→New Project 命令。

（2）按快捷键 Ctrl+N。

（3）单击"新建"按钮 。

对于轧制成形进程，需要在"进程属性"对话框里选择 Bulk Forming 类型里的 Rolling，如图 11.1 所示，进程属性相关参数设置如下：

锻造类型 Forging：Hot。

模拟类别 Simulation：3D。

求解器 Suggested Solver：FE。

模具 Dies 选择 3 个，其中上模具（设备驱动模具）1 个，下模具（固定模具）2 个。

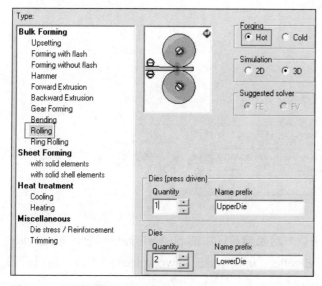

图 11.1　"进程属性"对话框

单击 OK 按钮确认，弹出进程树对话框，将进程树中所用模具的名称分别修改为 pusher、sideroller、upperroller，如图 11.2 所示。

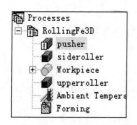

图 11.2　进程树对话框

11.2.2　导入几何模型

（1）单击 Insert 按钮或者在对象储备区右击，选择 Model→From file。

（2）在弹出的打开对话框中按住 Ctrl 键分别选择要导入的模型文件：推料板（pusher.stl）、侧辊（sideroller.stl）、上辊（upperroller.stl）和坯料（workpiece.stl），单位（Unit）选择 mm，单击"打开"按钮，如图 11.3 所示。

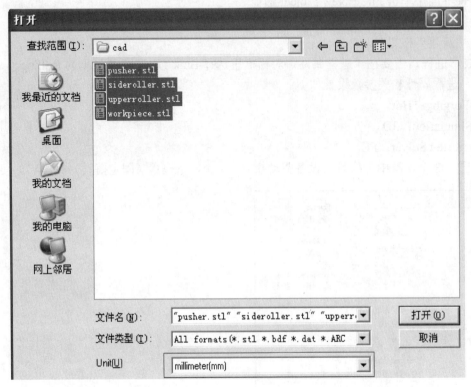

图 11.3　"打开"对话框

（3）使用鼠标左键分别选择（按住不放）对象储备区中的 pusher、sideroller、upperroller 和 workpiece 并拖到左侧进程树 pusher、sideroller、upperroller 和 workpiece 的下方。完成后，会在右侧图形显示区看到导入的模型，如图 11.4 所示。

11.2.3　定义材料

坯料材料为 304 不锈钢，对应 simufact 材料库中的 Din1.4301。

坯料材料的定义步骤如下：

（1）在对象储备区右击，选择 Material→Library。

（2）在弹出的插入材料库方案对话框中选择材料类型为 Steel（钢），材料牌号选择 DIN_1.4301(T=20-1100C)，如图 11.5 所示。单击 Load 按钮将所选加载到对象储备区，单击 Close 按钮关闭对话框。

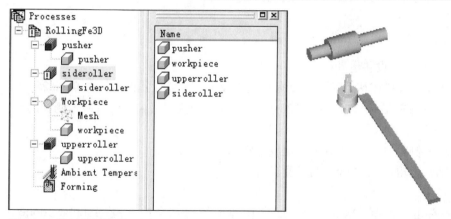

图 11.4　导入几何模型

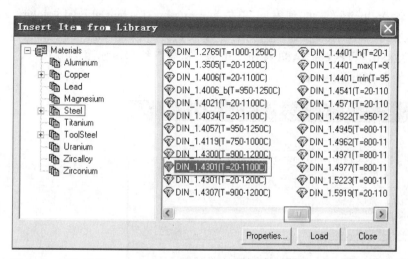

图 11.5　插入材料

（3）在对象储备区使用鼠标左键把材料 DIN_1.4301(T=20-1100C)拖到进程树 WorkPiece 的下方，完成坯料材料定义，如图 11.6 所示。

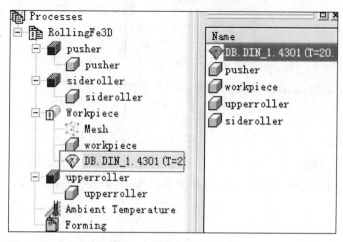

图 11.6　定义坯料材料

11.2.4 定义设备

本案例中，需要定义三个设备运动：

（1）推料板的运动：板料在初始状态下没有和侧辊咬合，所以设置推料板在 0～0.25s 内以 880 mm/s 的速度推动板料沿+Y 方向运动 220mm，使板料和侧辊咬合，板料靠与侧辊的摩擦力驱动往前运动。

（2）侧辊的运动：侧辊以 2.7667 rot/s 的速度自转。

（3）上辊的运动：上辊以 3.04 rot/s 的速度自转。

1. 推料板运动定义

（1）在备品区右击，选择 Press→Manual，在弹出的对话框中选择 Tabular motion（Translation & Rotation，自定义平动和旋转）对推料板沿 Y 轴正方向的运动进行定义，选择 Table type（表格类型）为 Time/Velocity（时间/速度），单位为 mm/sec，在 Translational velocity（X/Y/Z）中间的空格处输入 880，单击 Add 按钮；在 Time 处输入 0.25，在 Translational velocity（X/Y/Z）中间的空格处输入 880，再次单击 Add 按钮；单击"确定"按钮，如图 11.7 所示，在备品区修改本次定义设备的名称为 push+Y。

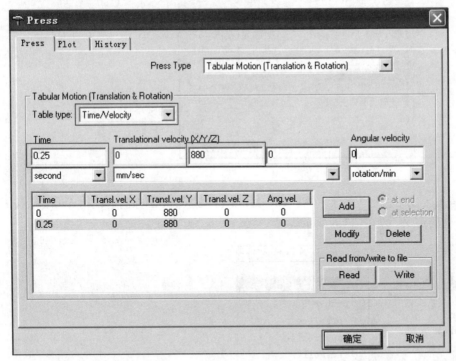

图 11.7 推料板运动定义

（2）在备品区将之前定义的推料板设备 push+y 选中，按住鼠标左键将其拖动到进程树 RollingFe3D 的下方，然后在进程树中使用鼠标左键选中 pusher 并将其拖动到 push+y 的下方，如图 11.8 所示。

2. 侧辊运动定义

（1）在备品区右击，选择 Press→Manual，在弹出的对话框中选择 Tabular motion

（Translation & Rotation，自定义平动和旋转）对侧辊的转速进行定义，选择 Table type（表格类型）为 Time/Velocity（时间/速度），单位为 rotation/sec，在 Angular velocity 处输入 2.7667，单击 Add 按钮；在 Time 处输入 1.55，在 Angular velocity 处输入 2.7667，再次单击 Add 按钮；单击"确定"按钮，如图 11.9 所示。在备品区修改本次定义设备的名称为 sideroll。

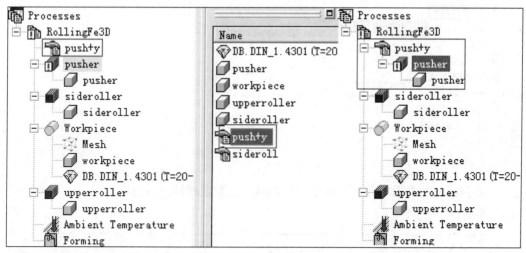

图 11.8　推料板设备施加

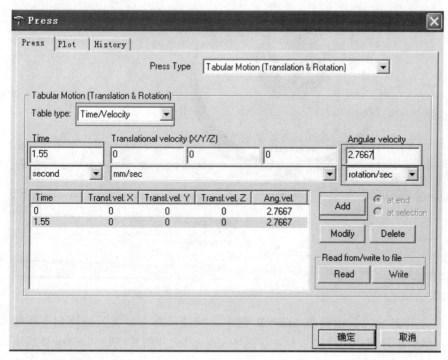

图 11.9　侧辊设备定义

　　（2）侧辊的旋转轴定义，在进程树 sideroller 上右击并选择 Rotation axis/local system，如图 11.10 所示。

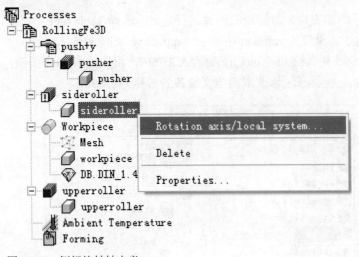

图 11.10　侧辊旋转轴定义

（3）在右侧弹出的界面中使用鼠标左键在侧辊上表面逆时针方向拾取三个点，单击 OK 按钮确定，如图 11.11 所示。

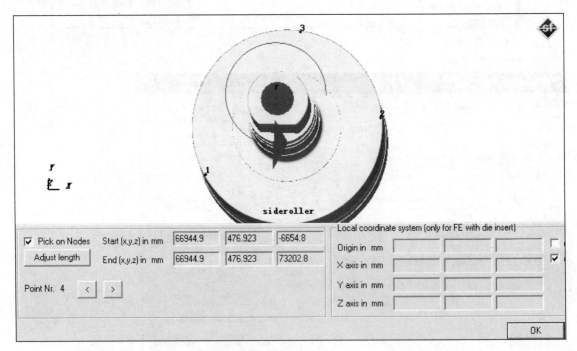

图 11.11　侧辊坐标系定义

（4）在备品区将之前定义的侧辊设备 sideroll 选中，按住鼠标左键将其拖动到进程树 RollingFe3D 的下方，然后在进程树中使用鼠标左键选中 sideroller 并将其拖动到 sideroll 的下方，如图 11.12 所示。

3．上辊运动定义

（1）在备品区右击，选择 Press→Manual，在弹出的对话框中选择 Tabular motion（Translation & Rotation，自定义平动和旋转）对上辊的转速进行定义，选择 Table type（表格类型）为 Time/Velocity（时间/速度），单位改为 rotation/sec，在 Angular velocity 处输入 3.04，单击 Add 按钮；在 Time 处输入 1.55，在 Angular velocity 处输入 3.04，再次单击 Add 按钮；单击"确定"按钮，如图 11.13 所示，在备品区修改本次定义设备的名称为 upperroll。

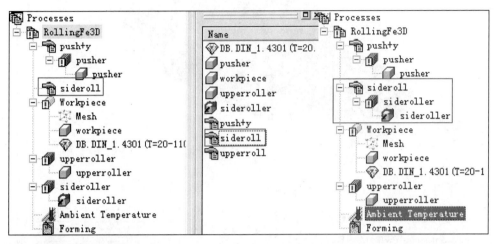

图 11.12　侧辊设备施加

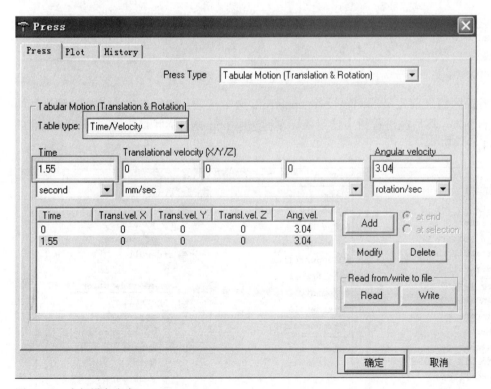

图 11.13　上辊设备定义

（2）上辊的旋转轴定义，在进程树 upperroller 上右击并选择 Rotation axis/local system。

（3）在右侧弹出的界面中使用鼠标左键在上辊上表面逆时针方向拾取三个点，单击 OK

按钮确定，如图 11.14 所示。

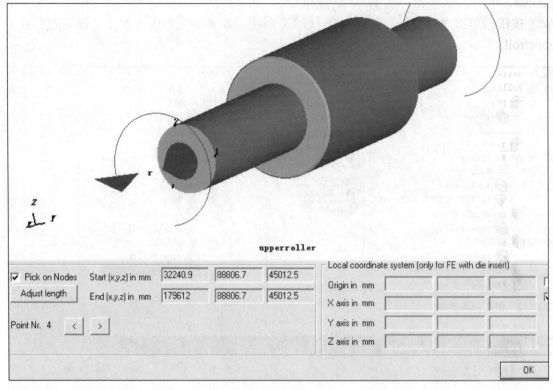

图 11.14　上辊坐标系定义

（4）在备品区将之前定义的侧辊设备 upperroll 选中，按住鼠标左键将其拖动到进程树 RollingFe3D 的下方，然后在进程树中使用鼠标左键选中 upperroller 并将其拖动到 upperroll 的下方，如图 11.15 所示。

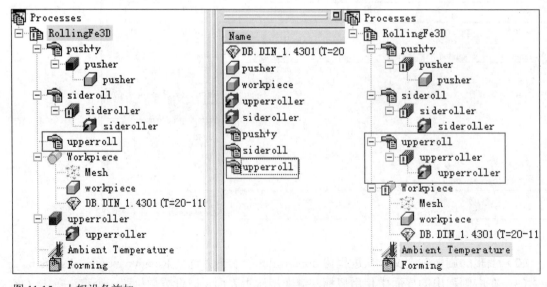

图 11.15　上辊设备施加

11.2.5　定义摩擦

摩擦的定义步骤如下：

（1）摩擦属性定义。在对象储备区右击，选择 Friction→Manual，在弹出的摩擦定义对话框中选择 Type of Friction（摩擦类型）为 Plastic Shear Friction（剪切摩擦模型），设定界面摩擦系数为 0.4，单击 OK 按钮确定，将摩擦添加到对象储备区，如图 11.16 所示。

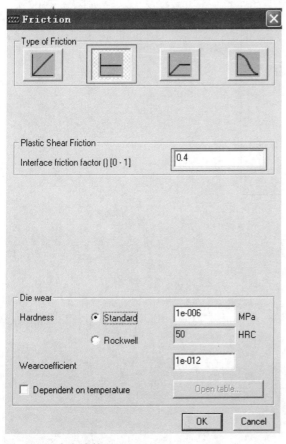

图 11.16　定义摩擦

（2）模具摩擦定义。修改摩擦名称为 Friction0.4。在对象储备区用鼠标左键将摩擦 Friction0.4 拖到进程树 pusher、sideroller、upperroller 的下方，完成摩擦定义，如图 11.17 所示。

11.2.6　定义温度

本案例中模具温度为 25℃，坯料初始温度为 1050℃，环境温度为 25℃。

温度的定义步骤如下：

（1）模具温度定义。在对象储备区右击，选择 Heat→Die→Manual，在弹出的模具温度定义对话框中设定模具的初始温度（Initial Die Temperature）为 25℃，单位类型选择 Celsius，其他保持默认不变，如图 11.18 所示。单击 OK 按钮确定，将温度添加到对象储备区，并将其名称修改为 diet25。

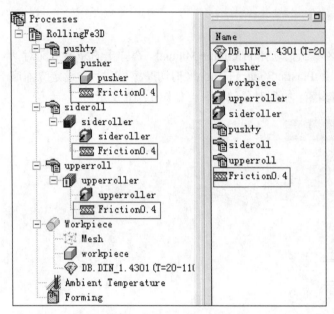

图 11.17　定义模具摩擦

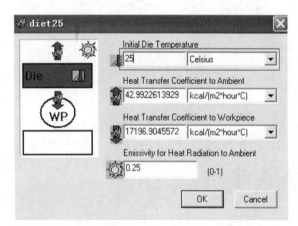

图 11.18　模具温度定义

　　（2）坯料温度定义。在对象储备区右击，选择 Heat→WorkPiece→Manual，在弹出的工件温度定义对话框中设定坯料的初始温度（Initial WorkPiece Temperature）为 1050℃，单位类型选择 Celsius，如图 11.19 所示。单击 OK 按钮确定，将坯料温度添加到对象储备区，并修改其名称为 wpt1050。

　　（3）施加模具与坯料温度。使用鼠标左键将对象储备区模具温度定义 die25 分别拖到进程树 pusher、sideroller、upperroller 的下方，再将坯料温度 wpt1050 拖到进程树 WorkPiece 的下方，完成坯料温度定义，如图 11.20 所示。

　　（4）环境温度定义。使用鼠标左键双击进程树中的 Ambient Temperature，定义环境温度为 25℃，单位类型选择 Celsius，如图 11.21 所示。单击 OK 按钮确定。

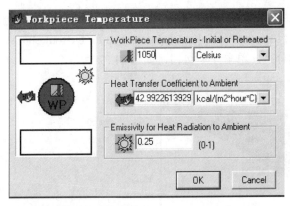

图 11.19　坯料温度定义

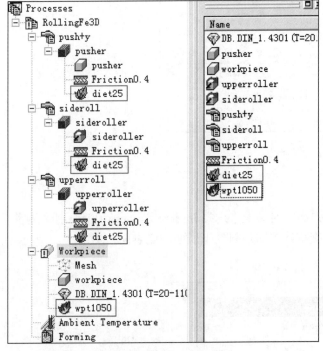

图 11.20　模具与坯料温度定义

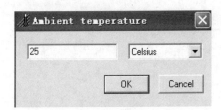

图 11.21　定义环境温度

11.2.7　网格划分

在进程树中双击 workpiece 下方的 mesh 按钮，在右侧弹出的网格划分窗口 Mesher 处选择

sheetmesh，在 Element size 处输入网格单元大小为 80mm，单击上方的"网格划分"按钮，网格划分完成后单击 OK 按钮，弹出对话框 Do you want to use the initial mesh parameters for the remeshing（你是否想采用初始网格划分参数进行网格重划分），单击 Yes 按钮，如图 11.22 所示。

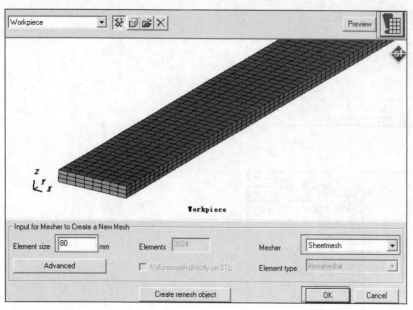

图 11.22　网格划分

11.2.8　对称面定义

在进程树 BulkheadFe3D 上右击，在弹出的对话框中选择 Insert-Symmetry plane 插入对称面。在右侧实体模型显示区域使用鼠标左键依次单击坯料的下表面和侧表面，如图 11.23 所示，单击 OK 按钮。

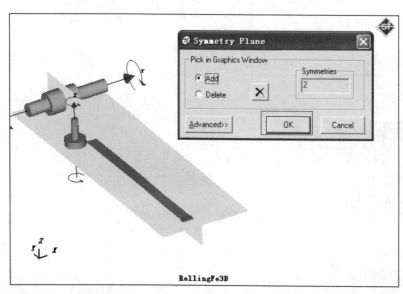

图 11.23　对称面定义

11.2.9　控制参数设置及运行

（1）单击 Tool→Define Points 命令，在图形显示区中的侧辊上使用鼠标左键拾取一点，单击 Add 按钮，单击 Close 按钮，如图 11.24 所示。

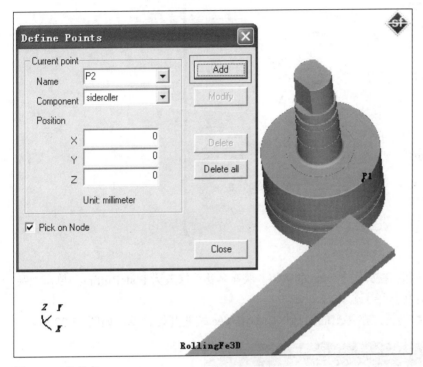

图 11.24　定义点

（2）在进程树中双击 Forming，在弹出的 Forming Control(FE)（成形过程控制，有限元法）对话框中选择 Output divisions，在右侧的 Workpiece/die 处输入 101，更改保存结果步数，如图 11.25 所示。

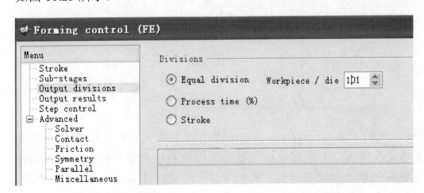

图 11.25　更改保存结果步数

（3）选择 Step control，单击右侧的 ⬚ 按钮，在弹出对话框的 Point of the press 处选择之前定义的点 P1，程序会自动计算推荐的总计算步数。单击 OK 按钮返回，再次单击 OK 按钮结束成形过程控制定义，如图 11.26 所示。

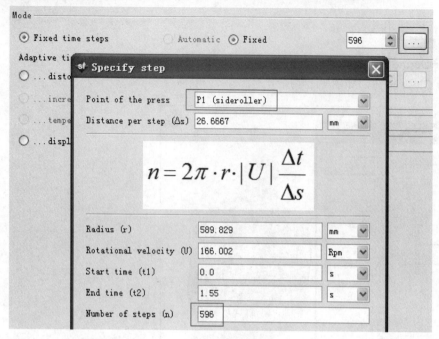

图 11.26 总步数计算

（4）单击"保存"按钮，在弹出的对话框中将"保存名称"修改为 PlateRolling，单击"保存"按钮（必须保存在英文路径下）。

（5）单击"运行"按钮 ，在弹出的对话框中单击 Yes 按钮开始计算，如图 11.27 所示。

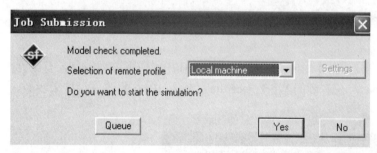

图 11.27 提交计算

11.2.10 模拟结果分析

（1）应变分析。

鼠标左键单击进程树窗口里的工件 Workpiece，单击结果工具栏中的按钮 ，打开后处理结果选择窗口，在后处理结果选择窗口中通过鼠标左键选取等效塑性应变（Effective Plastic Strain）前面的复选框。鼠标左键单击后处理结果工具栏中的"结果动画显示"按钮 ，单击 Play 按钮开始动画显示工件变形过程中的应力分布变化模拟结果，同理在后处理结果选择窗口中通过鼠标左键选取其他选项，如温度、应变、材料流动复选框，可观测其他结果。

（2）轧制力分析。

鼠标左键单击进程树窗口里的上辊 upperroller，单击结果工具栏中的按钮 ，打开上辊受力跟踪图表。结果可以使用"输出"按钮 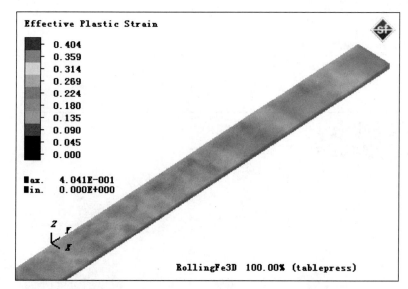 将工件变形过程中模具受力的具体数据输出为 Excel 格式文件。

图 11.28　等效塑性应变分布云图

12

钣金热成形模拟

12.1 引言

高强度钢的应用已成为满足汽车减重和增加碰撞性能及安全性能的重要途径,但常规高强度钢在室温下不仅变形能力差,而且塑性变形范围窄,所需冲压力大,容易开裂,同时成型后零件的回弹增加,导致零件尺寸和形状的稳定性变差。为解决高强度钢冷成形中的裂纹和形状冻结性不良等问题,出现了热冲压成形材料。

钣金热成形是常用的一种金属塑性加工工艺,它通过对工件和模具加热一定温度提高工件成形性能,最终获得质量较好的产品。在热成形过程中,温度的变化影响工件的微观组织和力学性能,从而影响产品质量。通过有限元计算,可以分析工件热成形过程中温度、应力、应变以及模具受力的变化规律,从而制定并优化热成形工艺,成形高精度的产品。

本案例为一个典型的钣金热冲压成形。工件为一扇形圆弧,其几何尺寸为:半径 67mm,厚度 1.85mm,圆心角 72°。热冲压的工艺条件为:模具温度为 150℃,坯料初始温度为 300℃,环境温度为 25℃,冲头行程为 50mm。通过本案例,分析热冲压成形过程中工件等效塑性应变、等效应力、温度以及模具受力的变化规律,从而优化热成形工艺参数。

12.2 钣金热成形实例分析

12.2.1 创建新的工艺仿真

打开 Simufact.forming 软件。可以通过以下三种方式创建新的工艺仿真:
(1)在软件界面中单击 File→New Project 命令。
(2)按快捷键 Ctrl+N。
(3)单击 "新建" 按钮 ⬚。

对于钣金热成形进程,需要在 "进程属性" 对话框里选择 Sheet Forming 类型中的 with solid elements,如图 12.1 所示,进程属性相关参数设置如下:

锻造类型 Forging：Cold。

模拟类别 Simulation：3D。

求解器 Suggested Solver：FE。

模具 Dies 选择 3 个，其中上模具（设备驱动模具）2 个，下模具（固定模具）1 个。

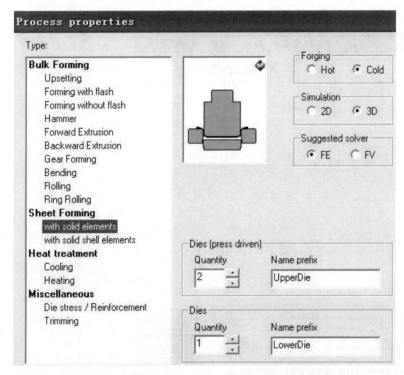

图 12.1　"进程属性"对话框

单击 OK 按钮确认，弹出进程树对话框，系统默认进程名称 Processes 为 SheetSolidFe3D，用户也可以根据需要自行修改进程名称，如图 12.2 所示。

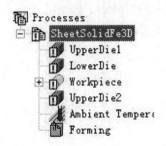

图 12.2　进程树对话框

12.2.2　导入几何模型

Simufact 可以通过两种方式导入几何模型：一种方式为通过文件导入模型（From file），支持的几何模型格式包括 STL、BDF、DAT、ARC、T16、WRL 和 DXF；另一种方式为通过 CAD 导入模型（CAD import），支持的几何模型格式包括 IGES、STEP、Proe、Catia、Ug、

SolidWorks 等默认格式文件。这里采用通过文件导入模型方式，操作说明如下：

（1）单击 Insert 按钮或者在对象储备区右击，选择 Model→From file。

（2）在弹出的打开对话框中按住 Ctrl 键分别选择要导入的模型文件：冲头（Punch.stl）、压边圈（Holder.stl）、凹模（Die.stl）和坯料（Plate.stl），单位（Unit）选择 mm，单击"打开"按钮，如图 12.3 所示。

图 12.3 "打开"对话框

（3）在左侧进程树中右击并选择 rename，分别将 UpperDie1 修改为 Holder，UpperDie2 修改为 Punch，LowerDie 修改为 Die。选择（按住不放）对象储备区中的 Holder、Punch、Die 和 Plate，分别拖到左侧进程树 Holder、Punch、Die 和 WorkPiece 的下方。完成后，会在右侧图形显示区看到导入的模型，如图 12.4 所示。

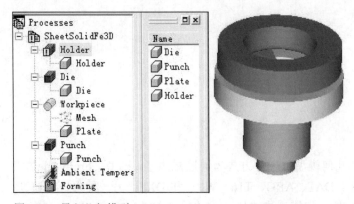

图 12.4 导入几何模型

12.2.3 定义材料

模具材料的定义：如果不定义模具材料，软件默认设置为 H13 模具钢。

坯料材料的定义步骤如下：

（1）在对象储备区右击，选择 Material→Library。

（2）在弹出的插入材料库方案对话框中选择材料类型为 Steel（钢），材料牌号选择 Din_1.0312_b，如图 12.5 所示。单击 Load 按钮将所选材料加载到对象储备区，单击 Close 按钮关闭对话框。

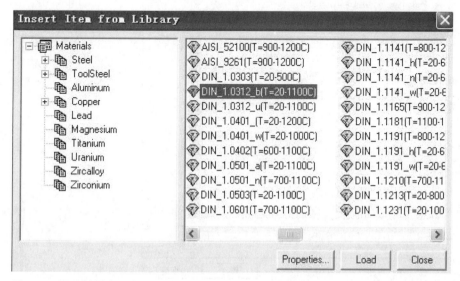

图 12.5　插入材料库方案

（3）在对象储备区使用鼠标左键把材料 Din_1.0312_b 拖到进程树 WorkPiece 的下方，完成坯料材料定义，如图 12.6 所示。

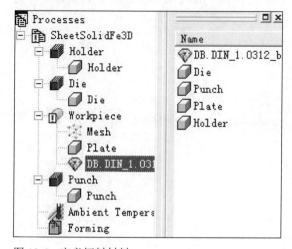

图 12.6　定义坯料材料

12.2.4　定义设备

本案例使用的设备为曲柄压力机。设备的定义步骤如下：

（1）设备参数定义。在对象储备区右击，选择 Press→Manual，在弹出的设备对话框中选择压力机类型（Press Type）为 Crank Press（曲柄压力机），其参数设置如图 12.7 所示。

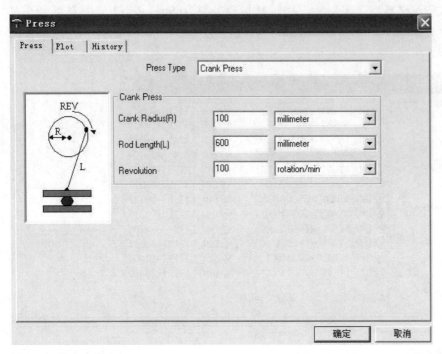

图 12.7　设备参数定义

（2）设备定义。单击"确定"按钮将设备添加到对象储备区。在对象储备区用鼠标左键将设备 Crank 拖到进程树 SheetSolidFe3D 的下方，在进程树中使用鼠标左键选中 Punch 并将其拖到设备 Crank 的下方，如图 12.8 所示。

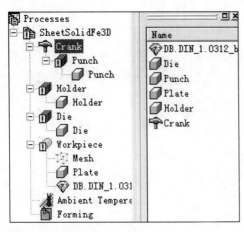

图 12.8　完成设备定义

12.2.5　定义摩擦

摩擦的定义步骤如下：

（1）摩擦属性定义。在对象储备区右击，选择 Friction→Manual，在弹出的摩擦定义对话框中选择 Type of Friction（摩擦类型）为 Coulomb Friction（库伦摩擦模型），设定界面摩擦系数为 0.05，如图 12.9 所示。

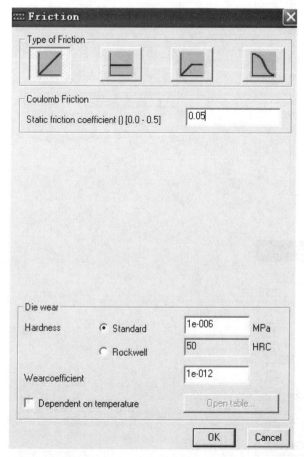

图 12.9　定义摩擦

（2）模具摩擦定义。单击 OK 按钮确定，将摩擦添加到对象储备区。修改摩擦名称为 Friction0.05，在对象储备区用鼠标左键将摩擦 Friction0.05 拖到进程树 Holder、Punch 和 Die 的下方，完成模具的摩擦定义，如图 12.10 所示。

12.2.6　定义温度

本案例中模具温度为 150℃，坯料初始温度为 300℃，环境温度为 25℃。

温度的定义步骤如下：

（1）模具温度定义。在对象储备区右击，选择 Heat→Die→Manual，在弹出的模具温度定义对话框中设定模具的初始温度（Initial Die Temperature）为 150℃，单位类型选择 Celsius，如图 12.11 所示。单击 OK 按钮确定，将模具温度添加到对象储备区，并将其名称修改为 Die150。

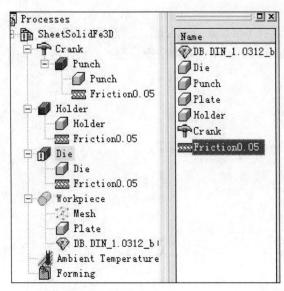

图 12.10　定义模具摩擦

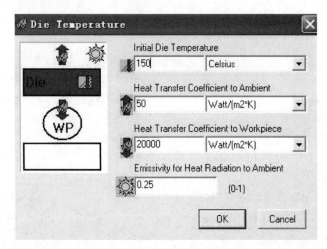

图 12.11　模具温度定义

　　（2）坯料温度定义。在对象储备区右击，选择 Heat→WorkPiece→Manual，在弹出的工件温度定义对话框中设定坯料的初始温度（Initial WorkPiece Temperature）为 300℃，单位类型选择 Celsius，如图 12.12 所示。单击 OK 按钮确定，将坯料温度添加到对象储备区，并修改其名称为 WP300。

　　（3）施加模具与坯料温度。使用鼠标左键将对象储备区模具温度定义 Die150 分别拖到进程树 3 个模具的下方，完成模具温度定义，再将坯料温度 WP300 拖到进程树 WorkPiece 的下方，完成坯料温度定义，如图 12.13 所示。

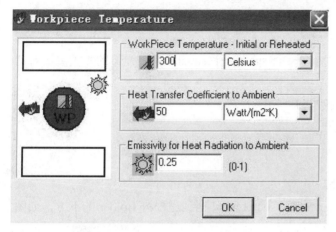

图 12.12 坯料温度定义

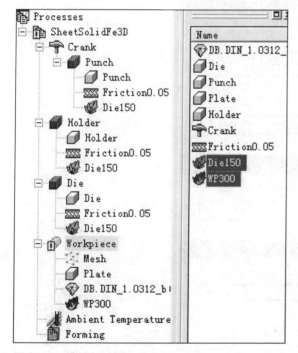

图 12.13 模具与坯料温度定义

（4）环境温度定义。使用鼠标左键双击进程树中的 Ambient Temperature，定义环境温度为 25℃，单位类型选择 Celsius，如图 12.14 所示。单击 OK 按钮确定。

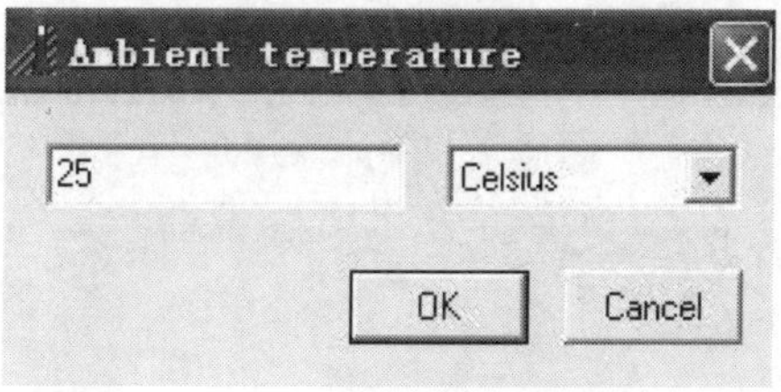

图 12.14 定义环境温度

12.2.7　定义压边圈弹簧

　　在备品区的空白处右击并选择 Die Type→Die spring→Manual，弹出弹簧的相关参数对话框，设定弹簧的相关参数为：

Initial condition（弹簧初始状态）：compressed（压缩）。

Direction(D)（变形方向）：Z。

Displacement(x)（位移）：7 mm。

Stiffness（刚度）：30 N/mm。

Initial Force（初始屈服力）：1.0 kN。

　　结果如图 12.15 所示，单击 OK 按钮，并将 Compressed 拖到进程树 Holder 的下方，如图 12.16 所示。

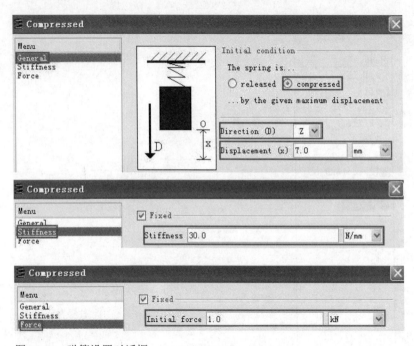

图 12.15　弹簧设置对话框

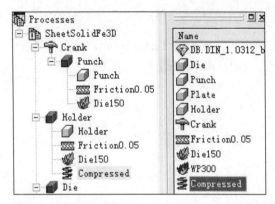

图 12.16　压边圈设置

12.2.8 网格划分

在进程树中左键双击 Workpiece 下方的 Mesh，出现网格划分菜单，如图 12.17 所示。

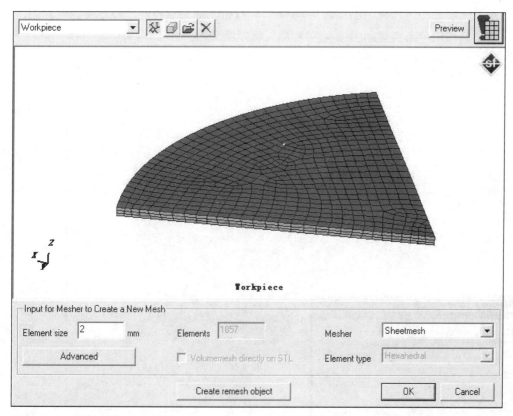

图 12.17 "网格划分"对话框

在 Element size 处输入网格大小为 2mm，在右侧的 Mesher 下拉菜单中选择网格划分器为 Sheetmesh（钣金网格划分），其他参数保持默认设置。然后单击上方的"网格划分"按钮 ▦ 开始自动划分网格。划分完成后单击 OK 按钮，弹出"是否使用初始网格划分参数进行网格重划分"对话框，单击"是"按钮，如图 12.18 所示。

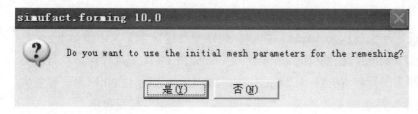

图 12.18 "网格重划分"对话框

12.2.9 定义对称边界

分别选中 Holder、Die、Punch，单击图像工具栏中的"透明"按钮 ▥ ，将 Holder、Die、

Punch 隐藏起来，在右侧视图区只显示坯料；若要显示某个对象，则单击按钮 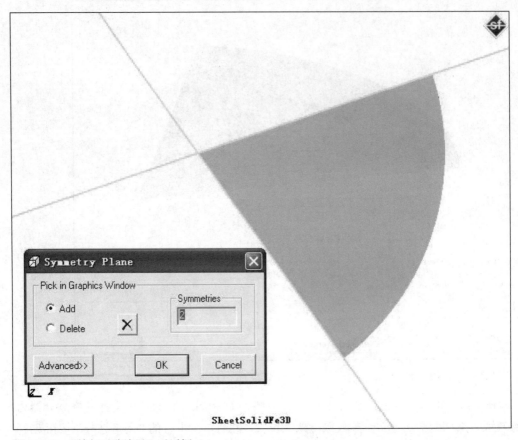 。

在进程树 SheetSolidFe3D 处右击并选择 Insert（插入）→Symmetry plane（对称面），出现如图 12.19 所示的对话框，用鼠标选取坯料的两个边界面作为对称边界面，选取完后单击 OK 按钮。定义完后会在进程树中出现 3D Symmetric 按钮。如果要查看已经定义的对称面，可以在上方的工具栏中单击"显示/不显示对称面"按钮 。

图 12.19 "施加对称边界"对话框

12.2.10 控制参数设置及运行

定义设备运动行程，设定冲头行程为 50mm。控制参数设置及运行定义的步骤如下：

（1）在进程树中双击 Forming，在弹出的 Forming Control(FE)（成形过程控制，有限体积法）对话框中设定输入冲头的行程 Stroke 为 50mm，方向为 Up，如图 12.20 所示。设置完毕后，可以单击 Start 按钮看模具运动是否正确，如果正确单击"确定"按钮退出。

（2）单击"保存"按钮，在弹出的对话框中将"保存名称"修改为 HotSheetForming，单击"保存"按钮（必须保存在英文路径下）退出。

（3）单击"运行"按钮 ，在弹出的对话框中单击 Yes 按钮开始计算，如图 12.21 所示。

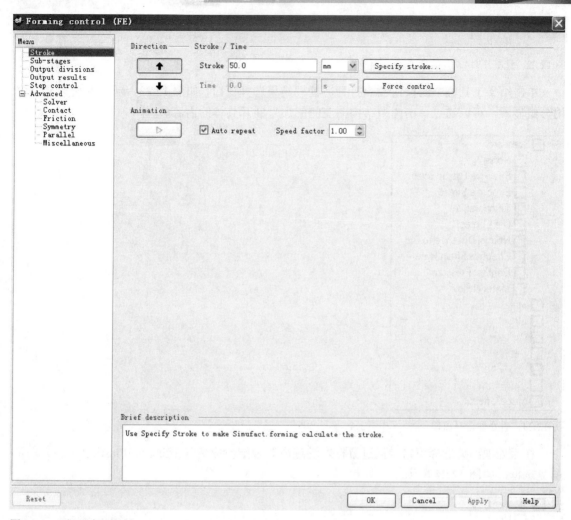

图 12.20　成形过程控制

图 12.21　提交计算

12.2.11　模拟结果分析

（1）等效塑性应变。

鼠标左键单击进程树窗口里的工件 Workpiece，如图 12.22 所示。如果涉及到多个目标，也可以按住 Ctrl 键通过鼠标左键连续选择多个目标。

图 12.22　选择工件

单击结果工具栏中的按钮 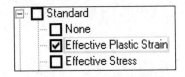，打开后处理结果选择窗口，如图 12.23 所示。后处理结果采用分组显示，可以通过单击树型结构图左侧的加号展开具体的内容。

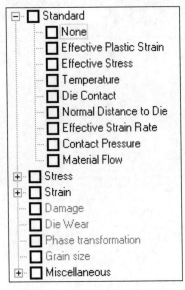

图 12.23　后处理选择窗口

在后处理结果选择窗口中通过鼠标左键选取等效塑性应变（Effective Plastic Strain）前面的复选框，如图 12.24 所示。

图 12.24　选取等效塑性应变

为了显示模拟最后一步的变形结果，可以在结果工具栏的下拉菜单里选取 100%（forming），如图 12.25 所示。

| Effective Plastic Strain | | ProcessTime % ▾ | 100.00% ▾ |

图 12.25　变形结果显示

鼠标左键单击后处理结果工具栏中的"结果显示"按钮，在图形显示区显示工件热冲压最终状态的等效塑性应变模拟结果，如图 12.26 所示，也可以单击 ▶ 按钮动态观察工件等效塑性应变的变化过程。

（2）等效应力。

在后处理结果选择窗口中通过鼠标左键选取等效应力（Effective Stress）前面的复选框，观察分析工件的等效应力变化，图 12.27 所示为热冲压成形最后一步工件的等效应力结果。

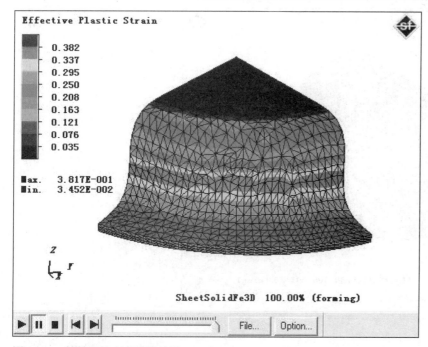

图 12.26　等效塑性应变模拟结果

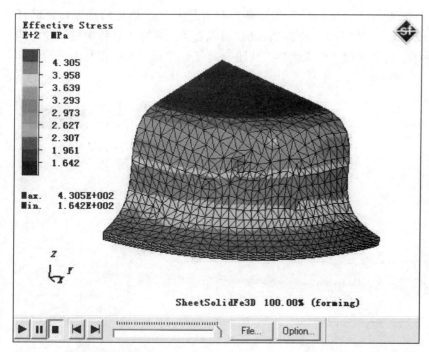

图 12.27　等效应力模拟结果

（3）温度结果。

在后处理结果选择窗口中通过鼠标左键选取 Temperature 观察分析工件的温度变化，图
12.28 所示为热冲压成形最后一步工件的温度分布结果。

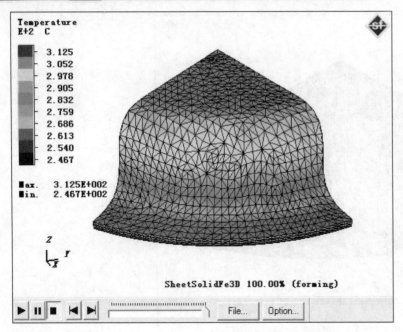

图 12.28　温度模拟结果

（4）模具受力分析。

单击后处理结果工具栏中的"历史追踪"按钮，打开模具受力历史追踪窗口，选择 Selection 里面的压边圈 Holder、凹模 Die、冲头 Punch，可以看到工件变形过程中模具受力情况的变化，如图 12.29 所示。可以通过"结果输出"按钮将工件变形过程中模具受力的具体数据输出。

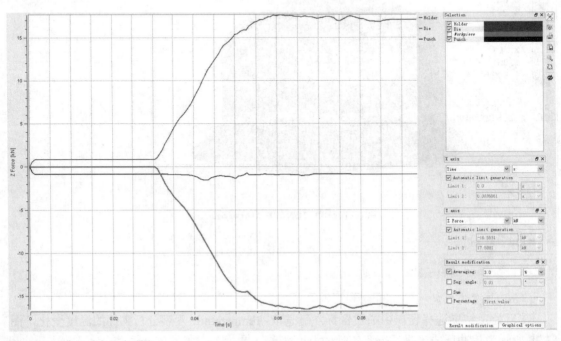

图 12.29　模具受力历史追踪

13

热处理模拟

13.1 引言

热处理是对金属材料采用适当方式加热、保温和冷却，以获得所需要的组织结构与性能的金属热加工方法。金属热处理是机械制造中的重要工艺之一，与其他加工工艺相比，热处理一般不改变工件的形状和整体的化学成分，而是通过改变工件内部的微观组织或改变工件表面的化学成分赋予或改善工件的使用性能。热处理的特点是改善工件的内在质量，而这一般不是肉眼所能看到的。其中，工件的温度变化对热处理工艺来说非常重要，直接影响其组织和性能。而工件的温度无法直接准确观测，间接观察也很困难。通过有限元数值模拟方法建立合适的数学模型，可以模拟热处理过程中工件温度场的变化，从而为热处理工艺的制定提供参考。

本案例为一个圆棒的加热过程模拟，圆棒半径为 30mm，长度为 300mm，初始温度为 20℃，环境温度为 1200℃，加热时间为 120s，模拟分析圆棒加热过程中温度场的变化。

13.2 热处理实例分析

13.2.1 创建新的工艺仿真

打开 Simufact.Forming 软件。可以通过以下三种方式创建新的工艺仿真：

（1）在软件界面中单击 File→New Project 命令。

（2）按快捷键 Ctrl+N。

（3）单击"新建"按钮 □。

对于加热进程，需要在"进程属性"对话框里选择 Heat treatment 类型中的 Heating，如图 13.1 所示，进程属性相关参数设置如下：

锻造类型 Forging：Hot。

模拟类别 Simulation、求解器 Suggested Solver 和模具 Dies 默认设置。

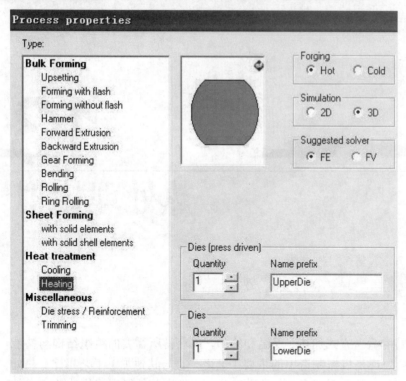

图 13.1 "加热进程属性"对话框

单击 OK 按钮确认，弹出进程树对话框，系统默认进程名称 Processes 为 HeatingFe3D，用户也可以根据需要自行修改进程名称。

由于热处理模拟时只需要一个底板用于稳定坯料，所以只需要保留一个模具即可。右击进程树 UpperDie（上模）并选择 Delete（删除），如图 13.2 所示。

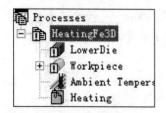

图 13.2 进程树对话框

13.2.2 导入几何模型

Simufact 可以通过两种方式导入几何模型：一种方式为通过文件导入模型（From file），支持的几何模型格式包括 STL、BDF、DAT、ARC、T16、WRL 和 DXF；另一种方式为通过 CAD 导入模型（CAD import），支持的几何模型格式包括 IGES、STEP、Proe、Catia、Ug、SolidWorks 等默认格式文件。这里采用通过文件导入模型方式，操作说明如下：

（1）单击 Insert 按钮或者在对象储备区右击，选择 Model→From file。

（2）在弹出的打开对话框中按住 Ctrl 键分别选择要导入的模型文件：坯料（Billet.stl）和底板（Bottom.stl），单位（Unit）选择 mm，单击"打开"按钮，如图 13.3 所示。

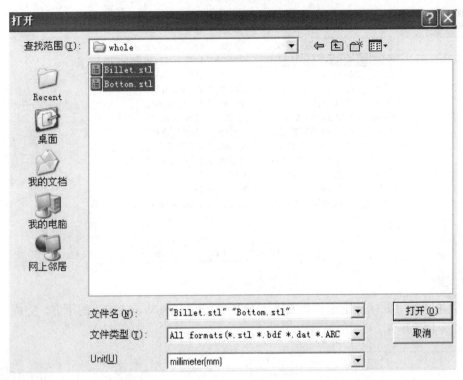

图 13.3　"打开"对话框

（3）选择（按住不放）对象储备区中的 Bottom 和 Billet，分别拖到左侧进程树 LowerDie 和 WorkPiece 的下方。完成后，会在右侧图形显示区看到导入的模型，如图 13.4 所示。

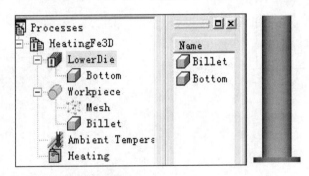

图 13.4　导入几何模型

13.2.3　定义材料

模具材料的定义：如果不定义模具材料，软件默认设置为 H13 模具钢。

坯料材料的定义步骤如下：

（1）在对象储备区右击，选择 Material→Library。

（2）在弹出的插入材料库方案对话框中选择材料类型为 Steel（钢），材料牌号选择 Din_1.3505，如图 13.5 所示。单击 Load 按钮将所选材料加载到对象储备区，单击 Close 按钮关闭对话框。

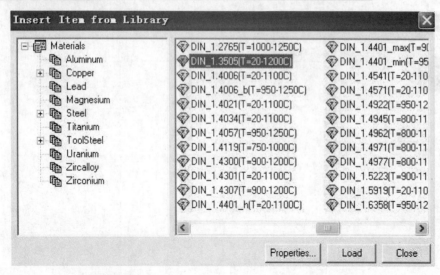

图 13.5　插入材料库方案

（3）在对象储备区使用鼠标左键把材料 Din_1.3505 拖到进程树 WorkPiece 的下方，完成坯料材料定义，如图 13.6 所示。

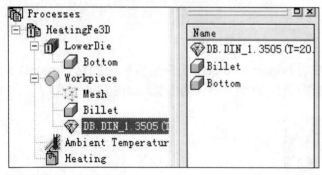

图 13.6　定义坯料材料

13.2.4　定义摩擦

摩擦的定义步骤如下：

（1）摩擦属性定义。在对象储备区右击，选择 Friction→Manual，在弹出的摩擦定义对话框中选择 Type of Friction（摩擦类型）为 Coulomb Friction（库伦摩擦模型），设定界面摩擦系数为 0.5，如图 13.7 所示。

（2）模具摩擦定义。单击 OK 按钮确定，将摩擦添加到对象储备区。修改摩擦名称为 Friction0.5，在对象储备区用鼠标左键将摩擦 Friction0.5 拖到进程树 LowerDie 的下方，完成底板的摩擦定义，如图 13.8 所示。

13.2.5　定义温度

本案例中底板温度为 20℃，坯料初始温度为 20℃，环境温度为 1200℃。

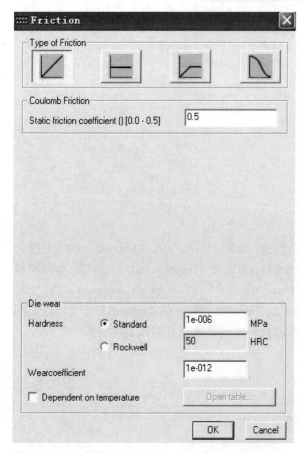

图 13.7　定义摩擦

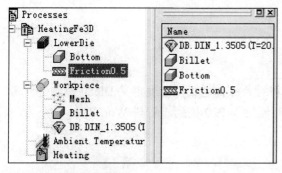

图 13.8　定义模具摩擦

温度的定义步骤如下：

（1）底板温度定义。在对象储备区右击，选择 Heat→Die→Manual，在弹出的模具温度定义对话框中设定底板的初始温度（Initial Die Temperature）为 20℃，单位类型选择 Celsius，底板与环境的热交换系数（Heat Transfer Coefficient to Ambient）为 50 Watt/m²·K；底板与坯料的热交换系数（Heat Transfer Coefficient to Workpiece）为 1×10^{-13} Watt/m²·K（输入格式：1e-13），底板与环境的热扩散率（Emissivity for Heat Radiation to Ambient）为 0.25，如图 13.9 所示。单击 OK 按钮确定，将垫板温度添加到对象储备区，并将其名称修改为 Die20。

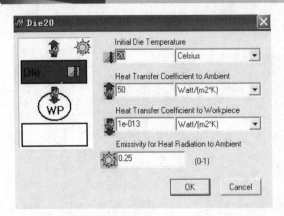

图 13.9　底板温度定义

（2）坯料温度定义。在对象储备区右击，选择 Heat→WorkPiece→Manual，在弹出的工件温度定义对话框中设定坯料的初始温度（Initial WorkPiece Temperature）为 20℃，单位类型选择 Celsius，坯料与环境的热交换系数（Heat Transfer Coefficient to Ambient）为 5000 Watt/m²·K，坯料与环境的热扩散率（Emissivity for Heat Radiation to Ambient）为 0.25，如图 13.10 所示。单击 OK 按钮确定，将坯料温度添加到对象储备区，并修改其名称为 WP20。

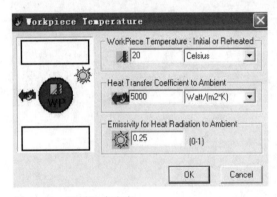

图 13.10　坯料温度定义

（3）施加底板与坯料温度。使用鼠标左键将对象储备区底板温度定义 Die20 拖到进程树 LowerDie 的下方，完成底板温度定义，再将坯料温度 WP20 拖到进程树 WorkPiece 的下方，完成坯料温度定义，如图 13.11 所示。

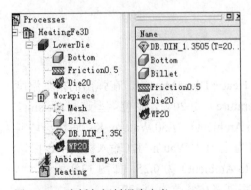

图 13.11　底板与坯料温度定义

（4）环境温度定义。使用鼠标左键双击进程树中的 Ambient Temperature，定义环境温度为 1200℃，单位类型选择 Celsius，如图 13.12 所示。单击 OK 按钮确定。

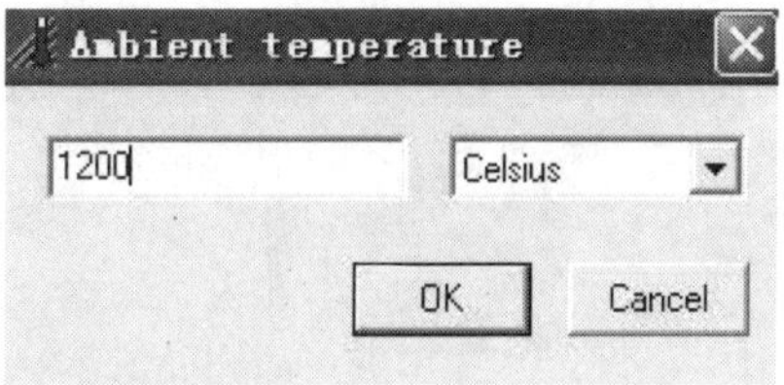

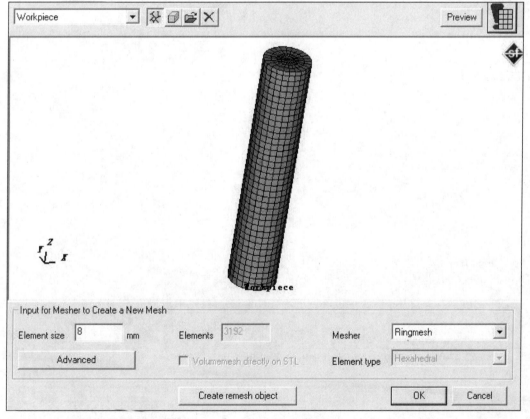

图 13.12　定义环境温度

13.2.6　网格划分

在进程树中左键双击 Mesh，出现网格划分菜单，如图 13.13 所示。

图 13.13　"网格划分"对话框

在 Element size 处输入网格大小为 8mm，在右侧的 Mesher 下拉菜单中选择网格划分器为 Ringmesh（用于回转体类坯料的网格划分），其他参数保持默认设置。然后单击上方的"网格划分"按钮 开始自动划分网格。划分完成后单击 OK 按钮，弹出"是否使用初始网格划分参数进行网格重划分"对话框，由于热处理时网格的畸变较小，无须进行网格重划分，因此单击"否"按钮，如图 13.14 所示。

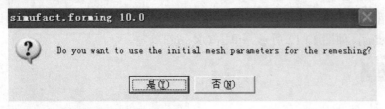

图 13.14 "网格重划分"对话框

13.2.7 控制参数设置及运行

鼠标左键双击进程树 Heating，弹出总工艺控制设置对话框，如图 13.15 所示。设定总的加热理时间为 120 s。

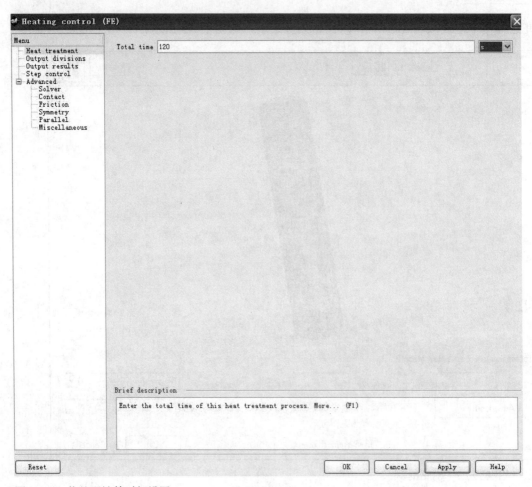

图 13.15 热处理计算时间设置

选择 Output divisions，将输出结果平均分为 21 步保存，如图 13.16 所示。

单击 OK 按钮确定，返回主页面，单击"保存"按钮，在弹出的对话框中将"保存名称"修改为 Heating，单击"保存"按钮（必须保存在英文路径下）退出，单击下方运行工具栏中的"运行"按钮，在弹出的对话框中单击 Yes 按钮开始计算，如图 13.17 所示。

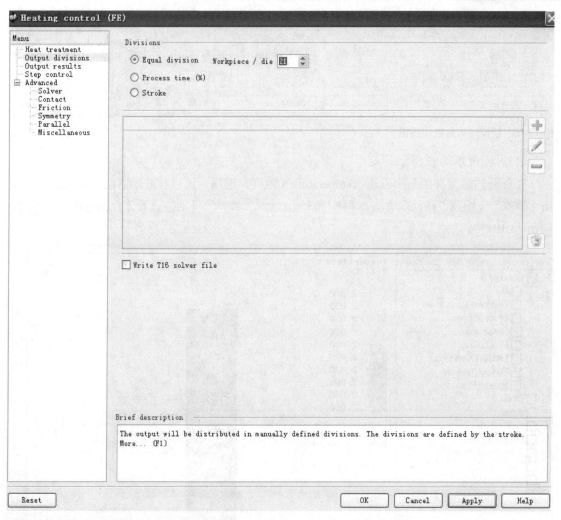

图 13.16　热处理计算增量步设置

图 13.17　提交计算

13.2.8　模拟结果分析

计算结束之后，单击"打开/关闭后处理类型菜单"按钮，如图 13.18 所示。

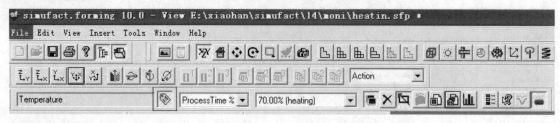

图 13.18　模拟结果后处理按钮

（1）温度场动态查看。

在打开的后处理类型中双击 Temperature（温度）选项，可以打开动态温度云图界面，单击"播放"按钮或"移动"滑块 ▶❚❚■ ◀❚ ▶❚ ⌐ᵢᵢᵢᵢᵢᵢᵢᵢᵢᵢ 可动态查看工件的温度分布结果，如图 13.19 所示。

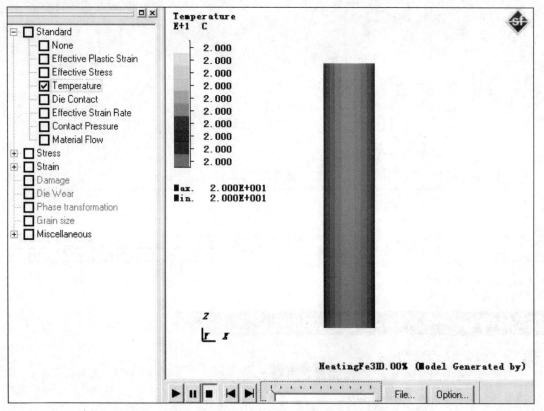

图 13.19　模拟结果动态观察对话框

（2）工件温度场剖面处理。

右击图形显示区窗口并选择 Active cutting，激活剖面处理功能，如图 13.20 所示。可以通过平移 ⊕、旋转 ⌒、缩放 ⌕ 按钮对工件进行操作。

设置剪切面位置为工件沿 X 方向 50%处，显示工件中心处温度场状态，如图 13.21 所示为加热时间为 12s 时剖面温度场云图，可以移动滑块查看其他加热时间的剖面温度场。

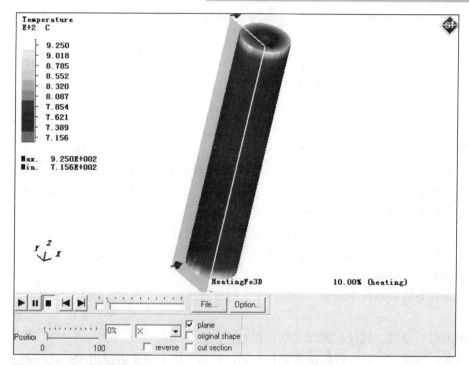

图 13.20　激活剖面处理功能

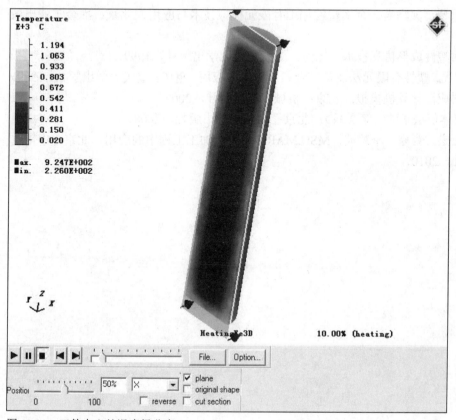

图 13.21　工件中心处温度场分布

参考文献

[1] 王勖成，邵敏. 有限单元法基本原理和数值方法. 北京：清华大学出版社，1997.

[2] 朱伯芳著. 有限单元法原理与应用（第2版）. 北京：中国水利水电出版社，1998.

[3] Tiruoathi R.Chandrupatla 著. 工程中的有限元方法. 曾攀译. 北京：清华大学出版社，2006.

[4] 曾攀. 有限元分析及应用. 北京：清华大学出版社，2004.

[5] 王焕定，焦兆平. 有限单元法基础. 北京：高等教育出版社，2002.

[6] Ted Belytschko, Wing Kam Liu, Brian Moran 著. 连续体和结构的非线性有限元. 庄茁译. 北京：清华大学出版社，2002.

[7] 王国强. 实用工程数值模拟技术及其在 ANSYS 上的实践. 西安：西北工业大学出版社，1999.

[8] 傅永华. 有限元分析基础. 武汉：武汉大学出版社，2003.

[9] 宋天霞，邹时智，杨文兵. 非线性结构有限元计算. 武汉：华中理工大学出版社，1997.

[10] 刘相华. 塑性有限元及其在轧制中的应用. 北京：冶金工业出版社，1994.

[11] 刘建生，陈慧琴，郭晓霞. 金属塑性加工有限元模拟技术与应用. 北京：冶金工业出版社，2003.

[12] 彭颖红. 金属塑性成形仿真技术. 上海：上海交通大学出版社，1999.

[13] 陈如欣，胡忠民. 塑性有限元法及其在金属成形中的应用. 重庆：重庆大学出版社，1989.

[14] 董湘怀. 材料成形计算机模拟. 北京：机械工业出版社，2002.

[15] 李人宪. 有限体积法基础（第2版）. 北京：国防工业出版社，2008.

[16] 刘劲松，张士宏，肖寒，李毅波. MSC.MARC 在材料加工工程中的应用. 北京：中国水利水电出版社，2010.